AF666337

That's life

Kurzgeschichten

Agnes Buballa

THAT´S LIFE

Kurzgeschichten

ibidem-Verlag
Stuttgart

Bibliografische Information Der Deutschen Bibliothek

Die Deutsche Bibliothek verzeichnet diese Publikation in der Deutschen Nationalbibliografie; detaillierte bibliografische Daten sind im Internet über <http://dnb.ddb.de> abrufbar.

∞

Gedruckt auf alterungsbeständigem, säurefreien Papier
Printed on acid-free paper

ISBN: 3-89821-249-1

Printed in Germany

Inspiration eines Schachspiels ...

(...) Beide sitzen da. Die unendliche Weite des schwarz-weiß karierten Schlachtfeldes befindet sich zwischen ihnen. Beide sind Führer der stramm auf dem Gelände positionierten Armeen.
Sie schauen sich an, wissen, dass gleich der Krieg ausbrechen wird, ein Krieg, der, obwohl er in den Augen von Laien lediglich als „Spiel" auf dem Brett ausgetragen wird, für die Beiden von ebenso hohem Stellenwert ist wie ein Krieg im allgemeinen Sinne. Für sie geht es in diesem Moment um mehr als nur um den kindlichen und schadenfrohen Triumph des Sieges. Nein, es ist viel mehr!
Es liegt jenseits der Vorstellungskraft derjenigen, die, obwohl sie sich vielleicht sogar als Schachprofis rühmen, nie einen Sinn für Schach entwickeln konnten, denn, obwohl jeder, der auch nur einmal dieses majestätische und mystische Spiel gespielt hat, das Besondere daran instinktiv spürt, können nur wenige dieses Besondere mit ihrem Geist erfassen.
Zu diesen mit dieser Gabe gesegneten gehören die beiden Spieler, die sich jetzt, wie schon vor Urzeiten Kaiser und Könige, gegenüber sitzen.
Um sie herum, längst vollkommen vergessen, das verrauchte Casino. Selbst die nobel wirkenden Herren mit ihren teuren importierten Zigarren beachten die Beiden nicht einen Augenblick, obgleich sie, von ihnen eingekesselt, beinahe erdrückt werden.
Wie exotische Tiere in der Manege werden sie von ihnen ehrfurchtsvoll beäugt.
Es ist still; Außer einem gelegentlichen, durch den Rauch verursachten Hüsteln ist nichts zu hören.

Doch das spielt keine Rolle, denn selbst wenn es nicht so wäre, wäre es für die beiden Kontrahenten still, still in ihrer Welt, in der Welt, in die nur sie Einzug erhalten, in der Welt des Schachs!

Beide Welten verschmelzen miteinander in dem drückenden Qualm, der sich wie düsterer, träger Nebel um die Figuren schmiegt.

Langsam und bedächtig wagt sich ein ganz in schwarz gehüllter Bauer aus einem Nebelschwaden hervor. Doch was ist das? Während das gemeine Publikum noch laut nach Luft schnappt und ein Raunen durch die Reihen geht, zuckt einer der beiden Spieler kaum merklich zusammen.

Und schon schießt wie aus dem Nichts ein weiß maskierter Läufer hervor, E7, D6, C5, B4, geschwind und zielstrebig fliegt er über die Felder, und „Zack", schon ist ein bisschen Wehmut das Einzige, was noch an den Bauern, der so lange gebraucht hat, um den Mut zu fassen, A3 zu betreten, das Einzige, das noch an ihn erinnert.

Minutenlang geschieht nichts. Der schwarze Fürst muss sich erst wieder von diesem demütigenden Schlag erholen, bevor er zu einem Gegenschlag ausholen kann.

Doch dann blitzen die Augen des entsprechenden Spielers für einen winzigen Augenblick auf und sein aufmerksames Gegenüber runzelt leicht die Stirn. Der schwarze Fürst befiehlt, und schon setzt sich ein weiterer Bauer treu in Bewegung. Der weiße Führer, erstaunt über die Leichtsinnigkeit seines Gegners, sieht seine Chance und setzt erfreut Schwarz in Schach. Jetzt hat er seinen dunklen Widersacher in der Hand. Es besteht keine Möglichkeit mehr dem grauenvollen Schicksal zu entgehen, glaubt der Spieler der weißen Macht.

In seiner Euphorie und Spannung konzentriert er sich jedoch zu sehr auf seinen noch gar nicht feststehenden Sieg, so dass er seinem Gegenspieler unbewusst einen Weg frei macht, der sein eigenes Schicksal ein für alle Mal besiegeln soll!

Doch als er das bemerkt, ist es bereits zu spät.

Das erste Mal seit Stunden hebt er seinen Blick und schaut erschrocken und hilflos sein Gegenüber an. Doch auf dessen Gesicht spiegelt sich keinerlei Gnade, menschliche Herzlichkeit wieder, sondern nur ein erschreckender diktatorischer Zug, der größtes Unheil verheißen lässt.
Noch haben die Zuschauer den Ernst der Situation nicht ganz erfasst, doch aufmerksam gemacht durch das plötzliche Minenspiel der Kontrahenten, blicken sie sich unsicher um und beginnen zu murmeln.
Dann läuft alles wie in Zeitlupe ab. Während dem weißen Spielers gespenstisch langsam ein Schweißtropfen von der Stirn tropft, hebt der andere lautlos, sichtlich die Macht des Augenblickes genießend, die Hand, zieht seinen Turm vor.
Es vergeht unendlich viel Zeit, bis er ihn auf das Feld, das zuvor noch unter der Herrschaft des weißen Königs stand, setzt, den Kopf hebt und fast in Flüsterlautstärke das Wort „Schachmatt" formt.
Sein Gegenüber, der bisher wie gelähmt dagesessen hat, nickt kurz, steht auf und geht (...).
Es herrscht Stille. Eine Stille des Schreckens, der Überraschung und auch der Angst. Plötzlich ging alles viel zu schnell, als dass irgendjemand außer den Spielern selbst den nötigen Durchblick hätte erlangen können. Erst nach einigen Sekunden, die wie in einer Art Zeitlupe zu vergehen scheinen, wenden sich die verwirrten Köpfe dem Ausgang zu. Dort erblicken sie nichts anderes als den Verlierer.
Da geht er hin, ein einsamer König, ohne Gefolge, ohne Rang und ohne Feld ... Bis zum nächsten Mal, wenn er wieder die Chance hat, sich alles, was er verlor, zurückzugewinnen. Es herrscht eine merkwürdige Stimmung im Casino. Jeder schweigt. Es scheint wie eine geheime Absprache unter den Zuschauern, wie ein Gelübde.
Viele Minuten vergehen, bis sich auch das Publikum stillschweigend und betroffen auflöst.
Zurück bleibt, im rauchigen Dämmerlicht, der Sieger.

Januarmord

1

Es war Ende Januar. Obwohl der Schnee langsam taute, waren keine Anzeichen von ersten Sonnenstrahlen, die den Frühling ankündigen sollten, zu sehen. Über die ganze Stadt senkte sich ein eisig nasser Nebel, der durch seine Trägheit zu versuchen schien das Szenario zu verwischen und zu vertuschen. Man brauchte nur an diesem Morgen aus dem Fenster zu schauen, um zu wissen, dass es so kalt war, dass es einen schmerzte. In der Tat schienen die Menschen das zu wissen, denn die, sonst so geschäftigen, Gassen und sogar der Marktplatz waren leer. Über allem lag eine geheimnisvolle Stille, nur der Odem des Nebels zeigte Leben, indem er sich faul von einer Seite auf die andere wälzte.

Das grobe Kopfsteinpflaster, das der Stadt einen mittelalterlichen Flair verlieh und an ihr stattliches Alter erinnerte, glänzte gefährlich glatt. Seine Fugen waren von Schneeresten wie altehrwürdige Beine von Krampfadern durchzogen.

Im Rinnstein lag eine Frau. Es war Uma Stein, eine der Marktfrauen. Sie war mittleren Alters und trug trotz der Kälte nur ein bäuerliches Nachthemd. Ihre Haut schimmerte wie auch ihre Lippen bereits bläulich. Aus diesem bleichen Schwarz-Weiß Szenario stach das grellrote Blut hervor, das sich erbarmungslos durch das Nachhemd gefressen hatte und nun den reinen weißen Schnee in den Kopfsteinpflasterfugen zunehmend, wie ein Mosaik, rot färbte. Aus ihrem Nachthemd ragte ein großes funkelndes Messer mit schwarzem Griff heraus. Das bläuliche Gesicht der Frau war vor Schmerz und Überraschung verzogen, Augen und Mund weit aufgerissen. Auch als Stunden später dünne

Schneeflocken vom Himmel fielen und am Boden ebenfalls rot getränkt wurden, lag sie noch genauso dort.

2

Früh am Morgen klingelte Randolfs Wecker. Randolf war ein junger Bursche, der versuchte allein durch den Winter zu kommen. Dass es hart werden würde, hatte er gewusst, aber nun wurde ihm schmerzlich klar wie verdammt hart es war. Er schaute aus dem Fenster und spürte, wie die eisige stechende Kälte ihm die Kehle zuschnürte. Er schüttelte sich, ein kalter Schauer überkam ihn. Er würde der einzige Mensch sein, der an diesem Morgen durch die Gassen lief. Randolf mochte gar nicht daran denken und am liebsten hätte er sich wieder schlafen gelegt, aber er wusste, dass er sich das nicht leisten konnte. Er schüttelte resigniert den Kopf. Es war wirklich traurig, er konnte nichts tun. Über den Winter verdiente er sein Brot als Zeitungsjunge, denn als Gärtner konnte er im zu dieser Jahreszeit nicht überleben. Dafür gab es hier einfach keine Verwendung. Erst im Frühjahr würden sich die Zeiten wieder bessern, wenn er wieder von den reichen Herrenhäusern angestellt werden würde. Aber bis dahin musste er eben zusehen wie er über die Runden kam. Immerhin hatte er das ganze Jahr über so viel verdient, dass er es jetzt besser hatte als die armen Teufel da draußen, die kein Dach über dem Kopf hatten.

Er hatte nämlich ein eigenes Zimmer, das zwar kein dichtes Dach hatte, was die zahlreichen Eimer auf dem Boden bestätigten, aber es war immer noch wärmer und windgeschützter als draußen.

Randolf zog sich an. Zu guter Letzt setzte er seine Pudelmütze auf, die er schon seit Kindestagen besaß, für etwas Besseres hatte es eben noch nicht gelangt, aber irgendwann, da war er sich sicher, würde er als Künstler

ganz groß herauskommen und so viel Geld verdienen, dass er sich gleich mehrere Mützen würde kaufen können. Es war nur eine Frage der Zeit, eine Frage von viel Zeit, wie er sich eingestehen musste. Er seufzte, nahm den Stapel Zeitungen und öffnete die Tür.
Sofort umfing Randolf die unbarmherzige Kälte. Sein Gesicht schmerzte. Er schnitt Grimassen, doch auch das half nicht wirklich, sondern verstärkte den stechenden Schmerz nur noch mehr. Er blies einige Male in die Luft und beobachtete die Dunstwolken, die ihn sogleich umgaben. Der Schnee knirschte unter seinen abgenutzten und mit Stoff umwickelten Stiefeln. Tapfer stemmte er sich gegen die Kälte und ging.

3

Uma Stein lag unverändert im Rinnstein. Mittlerweile war sie gänzlich blau, das Blut hatte aufgehört nachzufließen. Nie hätte sie gedacht, dass sie an einem solch düsteren Tag sterben würde und so still und heimlich. Doch hätte sie gewusst, was ihr Tod auslöst, wäre sie sicherlich erfreut gewesen. Denn sie hatte Tratsch und Geschichten über alle Maßen geliebt. Sie war immer gut informiert gewesen, wusste immer über alles und jeden in der Stadt Bescheid. Wie die anderen Marktfrauen redete sie gern und hatte genug Zeit sowohl Informationen einzuholen als auch diese weiter zu verbreiten. Aus diesem Grunde war Uma auch nicht besonders beliebt in der Stadt.
Obwohl jeder gern ihre Geschichten hörte und sich von ihr auf den neusten Stand bringen ließ, würde niemals jemand zugeben, dass er Gefallen dabei fand und ihr beiwohnte, wenn sie wieder erzählte und schon gar nicht wollten die Leute, dass Uma von ihnen erzählte. Sie solle sich doch um ihre Angelegenheiten kümmern und ihre Nase nicht in Fremde stecken, das gehe sie nichts an, hieß es dann. So spitzten die

Leute in ihrer Nähe stets die Ohren und erfreuten sich genauso wie sie an dem Leid Anderer. Es war eine Art Therapie für jedermann, aber natürlich gab niemand zu, dass er Uma mochte oder das, was sie tat, schätzte. Ganz im Gegenteil, die feinen Menschen der Stadt empörten sich gemeinsam über die unmögliche Art und Beredsamkeit der Frau Stein, nur um in aller Heimlichkeit wieder unauffällig in ihre Nähe zu gelangen und ihren weisen Worten zu lauschen. Doch von nun an sollte sich die Sache, was das anging, um einiges erleichtern. Uma Stein würde nie wieder etwas sagen.

Zur gleichen Zeit bog Randolf um die Ecke. Er bibberte vor Kälte, seine Zähne klapperten, seine Hände hatte er zu Fäusten geballt und in den Manteltaschen vergraben. Seine Zeitungen trug er unter den Arm geklemmt. Als er auf den Hauseingang zusteuerte, hob er kurz den Blick. Ein gellender Schrei, die Zeitungen fielen dumpf auf das Pflaster, das Papier sog sich sofort voll mit Blut und Wasser. Er hatte Uma entdeckt. Endlich hatte jemand Uma Stein entdeckt!

Eine Stunde später stand Randolf immer noch an dieser Stelle. Er zitterte am ganzen Körper und seine Füße spürte er längst nicht mehr. Dennoch hatte sich vieles verändert. Um Uma Stein herum standen jetzt mehrere Polizeiwagen und ein Polizist, dem dieser Ausflug in die Kälte sichtlich Unbehagen bereitete, untersuchte Uma gerade, ein Anderer sperrte mit rotem Band das Gebiet ab.

Aus einigen Fenster lugten nun neugierige Leute und während sich der Nebel verzog und so die Szene freigab, füllte sich der Platz mehr und mehr mit Menschen, die teils entsetzt teils einfach nur neugierig waren. Uma Stein aber war tot, erstochen.

4

Am Nachmittag hatte sich Randolf, der immer noch unter einem gewaltigen Schock stand, im Polizeirevier eingefunden. Er setzte sich, nahm seine Mütze ab und fuhr sich durch die Haare. Er konnte immer noch nicht glauben, dass alles, was geschehen war, Wirklichkeit war. Plötzlich schwang die schwere Tür auf, Kommissar Brown kam herein. Er ächzte, seine Schritte waren schwer, seine Wangen gerötet. „Sie haben Frau Uma Stein also gefunden?", fragte Brown, während er Randolf misstrauisch fixierte. Randolf nickte stumm. Der Kommissar schien sich sicher zu sein, dass Randolf selbst es war, der Uma das Messer in den Rücken gestoßen hat. „Mochten die alte Uma wohl nicht, wie?", fragte er scheinbar beiläufig. Als Randolf in entsetzt anstarrte, fügte der Kommissar lachend hinzu: „Ja, ja, mein lieber Freund, wer tat's schon? Wer mochte die Uma schon!?". Das Verhör drehte sich im Kreis und Randolf hatte Mühe seine Unschuld zu beweisen oder zumindest seine Schuld zu dementierten. Erst am Abend durfte er das Revier verlassen und nach Hause gehen. Der Kommissar war immer noch überzeugt davon, dass Randolf es getan hatte, aber genauso wie Randolf seine Unschuld nicht beweisen konnte, konnte der Kommissar seine Schuld nicht beweisen.

Zu Hause in seinem Zimmer warf Randolf sich auf sein Bett. Es knarrte laut, doch zum Glück hielten die Latten. Er lag lange dort und dachte nach, es ließ ihm keine Ruhe und, obgleich Brown nicht ganz Unrecht gehabt hatte damit, dass er Uma nicht besonders gemocht hatte, war er es nicht gewesen und er wollte zu gern wissen, wer der Stadt den Gefallen getan und sie ermordet hatte. Es hätte wirklich jeder sein können. Unter diesen Gedanken schlief er schließlich ein.

Am nächsten Morgen wurde er nicht von seinem Wecker geweckt, sondern vom Leuten der Kirchenglocken. Heute war Sonntag, zumindest musste er heute nicht raus und Zeitungen austragen. Obwohl er kein besonders gläubiger Mensch war und eigentlich nicht in die Kirche ging, tat er genau das an diesem Sonntagmorgen. Er wusste, dass man wohl über Uma Steins rätselhaften Tod reden würde und, obwohl er noch nie besonders sensationslüstern war und Uma aus dem Grund auch nie gemocht hatte, wollte er doch gerne dabei sein, zumal Umas Tod ihn in irgendeiner Weise auch betraf.

5

Auf dem Kirchenplatz standen ungewöhnlich viele Leute versammelt. Sie hatten wohl einen ähnlichen Gedanken wie Randolf gehabt. Er stellte sich unauffällig an den Rand des Geschehens und hörte zu worüber die Leute sprachen. Und er sollte recht behalten. Uma Steins plötzliches Ableben hatte für Furore gesorgt; es wurde über nichts Anderes gesprochen und auch sein Name fiel. Allerdings hatte es sich herumgesprochen, dass er, also Randolf, sie umgebracht hätte. Bevor er noch irgendetwas zu seiner Verteidigung einbringen konnte, begann die Messe. Pfarrer Gregorius trat ein mit gesenktem Haupt. Er trat an den Altar und sogleich wurde es ruhig in der Kirche. Er sprach: „Liebe Gemeinde, heute sind wir hier unter besonders gottlosen und entsetzlichen Umständen versammelt. Wie ihr alle wisst, spreche ich von dem Mord an Uma Stein ...".

Die Predigt an diesem Sonntag handelte gänzlich vom Tod Uma Steins, aber etwas anderes wäre auch nicht möglich gewesen, da die Menschen an nichts Anderes dachten und auch vom Pfarrer eine Stellungnahme erwarteten. Nach der Messe wurde auf dem Kirchenplatz weiter diskutiert. Als Randolf den Platz überquerte, hörte er, wie die Marktfrauen über ihn redeten mit der Gewissheit einen Mörder vor sich zu haben, der sie, eine nach der anderen, töten würde.

Plötzlich zog ihn jemand zur Seite, es war der Arzt Phil. Zu Randolfs Entsetzen sagte er leise: „Komm, alter Junge, wir wissen doch beide, dass du sie getötet hast! Du hast uns allen einen Gefallen getan damit! Aber sag, wie ...",weiter kam der Arzt nicht, Randolf hatte sich losgerissen und war davongelaufen. Randolf dachte nach.
Nach und nach stieg in ihm der wahnwitzige Entschluss auf, den wahren Mörder Uma Steins zu finden. Er wusste, die Polizei würde ihn nicht finden aus dem einfachen Grund, dass sie nicht nach ihm suchte. Wie auch die anderen Leute in der Stadt dachte sie, der Mörder wäre bereits gefunden. Nur Randolf wusste, dass es nicht so war, nur Randolf wusste, dass er sie nicht getötet hatte ...

6

Der Entschluss war gefasst, Randolf wollte den Mörder finden, doch er wusste nicht wie. Die Sache dürfte sich als schwierig erweisen, zumal weil alle ihn für den Mörder hielten. Um einen klaren Gedanken zu fassen, ging Randolf spazieren. Ohne sein Zutun trugen seine Füße ihn zur Kirche. Wo zuvor so viele Menschen gestanden hatten, war nun niemand mehr. Trotzdem hörte Randolf die Stimmen der Marktfrauen und sah die Blicke der Anderen an sich vorüberziehen, er hörte auch die Stimme des Arztes. Er war verwirrt. Plötzlich wurde ihm klar, dass es nahezu unmöglich war Umas Mörder zu finden, da es absolut niemanden gab, der sie gemocht hatte, zumindest würde das niemand behaupten, somit könnte es jeder sein. Bei diesem Gedanken fröstelte es ihn abermals, denn jeder in seiner Umgebung, jeder, den er kannte, könnte ein Mörder sein, eigentlich auch er selbst. Ein furchtbarer Gedanke, wie er fand.

Als er über den Friedhof schlenderte, stellte er erstaunt fest, dass Pfarrer Gregorius an Uma Steins Grab stand. Er erschrak, als er Randolf bemerkte. Einen Augenblick lang schien es fast so, als wolle er weglaufen, doch dann entspannte er sich plötzlich und lächelte: „Guten Tag Randolf! Tragisch diese Sache, nicht wahr?!". Plötzlich konnte Randolf sich nicht mehr halten und fragte, was ihm auf der Zunge brannte: „Pfarrer, glauben Sie auch, dass ich sie umgebracht habe?". Randolf erschrak über seine eigenen Worte und hätte sie am liebsten wieder rückgängig gemacht, aber das ging nun einmal nicht und außerdem beschäftigte ihn diese Frage wirklich. Der Pfarrer hob seine Augenbrauen, lächelte einen Moment lang und fasste sich sogleich wieder. „Haben Sie?", fragte er ruhig. Randolf schüttelte den Kopf. „Ich glaubte auch nicht, dass Sie es waren. Entschuldigen Sie mich!". Mit diesen Worten drehte sich der Pfarrer um und ging.
Randolf dachte über seine Worte nach. Er hatte so sicher und ehrlich überzeugt geklungen, als er sagte, er glaube ihm. Das war seltsam, wenn man das Misstrauen der Anderen bedachte ...
Eine Weile stand Randolf vor Umas Grab und dachte skurriler Weise darüber nach, ob sie auch glaubte, dass er sie umgebracht hat. Plötzlich bemerkte er, wie jemand neben ihn trat. Es war eine junge Frau mit langen blondgelockten Haaren. Sie wirkte sehr jung, war kaum älter als Randolf selbst. Randolf fiel auf, wie hübsch sie war und grüßte sie, obwohl er sie nicht kannte.
„Hallo. Ich bin Annie Milton, ich bin Umas Nichte.". Randolf erschrak, er stammelte unsicher: „Oh, das ist ja furchtbar, es tut mir leid, ich wusste gar nicht, dass ... Ich meine, mein Beileid!". Doch Annie winkte ab. Sie war sichtlich amüsiert über die Unbeholfenheit des jungen Randolf, der ihr auf den ersten Blick sympathisch war. „Ich habe sie kaum gekannt. Aber ich habe gehört, sie soll eine schreckliche Person gewesen sein?!".

Randolf lief rot an, er fragte sich, ob sie wusste, dass er für den Mörder gehalten wurde. Umso erstaunter war er, als Annie ihn auf einen Kaffee einlud. Natürlich willigt er ein.

7

Im Cafe bemerkte er, dass Annie noch schöner war als ihm zuerst bewusst gewesen war. Unwillkürlich streifte sein Blick den goldenen Ring an ihrem Finger. Sie war verheiratet, so jung und schön und schon verheiratet! Annie bemerkte sein Stocken, lächelte allerdings und überging sein Verhalten. Randolf schämte sich, er wusste, dass sie seine Gedanken erraten hatte. Das weitere Gespräch mit Annie verlief sehr erheiternd. Sie war eine charmante und liebenswerte Person. Er erfuhr, dass sie vorläufig im Hotel „Zum Dollberg" wohnte. Randolf erzählte Annie von Uma und davon, dass er sie gefunden hatte. Zu seinem Erstaunen wusste Annie das bereits und schien kein bisschen nervös in seiner Gegenwart.

Randolf beschloss Annie daraufhin in seine Pläne einzuweihen und ihr zu erzählen, dass er den wahren Mörder suchte. Das war nun etwas, was Annie nicht wusste. Entsprechend überrascht reagierte sie, allerdings war sie von seiner Idee so angetan, dass sie ihn unterstützen wollte, sie wollte ihm helfen den wahren Mörder zu entlarven. Das missfiel Randolf, er spürte, dass das nichts für eine Frau wie Annie war. Doch Annie war überzeugt davon ihm zu helfen. Das schulde sie ihrer Tante, sagte sie energisch. So blieb Randolf nichts anderes übrig als ihre Hilfe zu akzeptieren. Annie Milton sollte Randolf lange nicht aus dem Sinn weichen, sie hatte ihn zweifelsohne tief beeindruckt!

8

Annie Milton nahm in der Tat ihre neuerworbene Aufgabe sehr ernst. Sie begann sofort eifrig mit ihren Nachforschungen. Wie eifrig sie war, erfuhr Randolf am nächsten Tag vom Arzt.
Während Randolf im Foyer auf Annie wartete, traf er Dr. Phil an. Dieser nahm ihn bei Seite und sagte: „Sag mal Junge, kennst du diese dubiose Nichte von Uma, die hier plötzlich aufgetaucht ist? Das ist eine seltsame Person! Die schnüffelt hier herum und fragt alle Leute aus. Wenn du mich fragst, hat sie ihre Tante umgebracht! Sie taucht hier plötzlich auf, nach Umas Tod, wobei Uma, die sonst so gesprächig war, nie etwas von einer Nichte erzählt hat! Jetzt ist sie hier und kassiert ihr Erbe! Das ist immer so mit der Jugend, jaja!". Der Arzt hielt inne, da Annie freudenstrahlend die Treppe hinunterkam.
Eine beängstigende Ahnung stieg in Randolf auf. Die Worte des Arztes klangen so schrecklich logisch und auch er musste, sosehr er Annie mochte, zugeben, dass es sich hier um viele Zufälle handelte. Aber war Uma reich gewesen? Konnte Annie jemanden umgebracht haben? War das der Grund, warum sie keine Angst vor ihm hatte? Wollte sie nun ihn aushorchen und dann umbringen wie ihre Tante? Randolf war verwirrt.
Der Abend mit Annie verlief angespannt. Annie erzählte und erzählte, während Randolf schwieg und sie nur ansah. Selbstverständlich bemerkte Annie dies, aber sie ließ sich nichts anmerken. Es fiel Randolf schwer zu glauben, dass Annie ihre Tante ermordet haben sollte, aber es passte alles so gut zusammen! Von diesem Zeitpunkt an, misstraute er Annie. Vor allem, weil im Laufe der Zeit immer mehr Leute über Annie redeten. Wenigstens, dachte Randolf, war er nicht mehr der Alleinverdächtige. Allerdings hielten die Leute Randolf und Annie für eine Art Bonnie und Clyde. Sie dachten die Beiden hätten Uma gemeinsam getötet. Das war für alle einleuchtend, weil sie auch noch ungefähr im gleichen Alter waren. Dass Annie verheiratet war, spielte

dabei keine Rolle, denn, war die Fantasie der Leute erst einmal angekurbelt, gab es kein Halten mehr. Gerüchte über Gerüchte gab es und wenn Uma noch gelebt hätte, hätte sie sicher auch ihre Freude daran gehabt.

Randolf ging zur Kirche, er musste mit dem Pfarrer reden. Er war, so schien ihm, die einzige neutrale Person in der Stadt. Außerdem schien er Uma nicht ganz so sehr zu hassen wie die anderen Leute. Als Randolf die Kirche betrat, war er ganz allein, der Pfarrer war nicht zu sehen. Plötzlich blitzte etwas. Es kam vom Altar. Langsam ging Randolf an den Altar heran. Auf dem weißen Altar lag ein glänzendes großes Messer mit einem schwarzen Griff! Randolfs Gedanken überschlugen sich. Er hätte schwören können, dass es dasselbe Messer war, das in Uma Steins Rücken gesteckt hatte, als er sie im Rinnstein auffand. Plötzlich hörte er hinter sich eine harte und laute Stimme: „Was tun Sie hier, zur Zeit ist kein Gottesdienst!". Der Pfarrer war gekommen. Randolf bot ihn schnell ein paar Ausreden und verließ die Kirche schnellen Schrittes. Nun war er vollends verwirrt. Arbeitete Annie mit dem Pfarrer zusammen? Hatte sie ihn mit ihrem Charme und ihrer einzigartigen Schönheit dazu verleitet ihr bei einem Mord zu helfen? Oder hat sie ihm das Messer untergeschoben? Ein Mann Gottes!

Randolf konnte es nicht fassen.

9

Am nächsten Morgen klopfte es energisch an Randolfs Tür. Als er die Tür öffnete, stand auf einmal Annie Milton vor ihm. Er wusste nicht, wie er sich ihr gegenüber verhalten sollte, da er seinen schrecklichen Verdacht nicht loswurde! Doch, als Annie begann zu erzählen, vergaß er diesen Verdacht. „Ich habe in den Stadtregistern recherchiert und weißt du, was ich dort gefunden habe? Uma Stein hatte mal einen Ehemann: Richard! Doch eines Tages verschwand dieser plötzlich. Erst ein halbes Jahr später wurde er gefunden. Und zwar auf dem Kirchengrundstück! Erstochen mit einem schwarzen Messer!". Randolf war erschlagen von Annies Informationen. Er erzählte ihr von seinem Fund in der Kirche. In dem Moment fühlte er sich Annie Milton so verbunden, dass es für ihn nicht mehr in Frage kam, dass sie Uma umgebracht haben könnte! Annie ihrerseits war begeistert von dem, was Randolf herausgefunden hatte. Beide waren sich nun einig, dass Pfarrer Gregorius sowohl etwas mit dem Tod von Richard als auch mit dem Tod von Uma zu tun haben musste. Annie und Randolf beschlossen daraufhin in alten Schuldokumenten nachzusehen, ob Uma, Gregorius und Richard auf einer Schule gewesen waren. Tatsächlich war es so! Die Drei waren sogar zusammen in einer Klasse gewesen!

Annie und Randolf wussten, sie waren auf der richtigen Spur! Jetzt mussten sie nur noch einen Zusammenhang herstellen. Da sie weder Richard noch Uma befragen konnten, beschlossen sie Pfarrer Gregorius mit ihren Fakten direkt zu konfrontieren. Sie fanden den Pfarrer im Gemeindehaus, wo er dabei war Blumen zu gießen. Annie breitete sofort die Sache vor dem Pfarrer aus, sie beschuldigte ihn Richard umgebracht zu haben. „ ... und nun hat Uma Stein herausgefunden, dass Sie es waren und deshalb haben Sie auch Uma umgebracht!", endete Annie, für die es keinen Zweifel mehr gab.

Die Mundwinkel des Pfarrers zitterten, er stütze sich auf den Tisch. Da begann er plötzlich zu sprechen: „Ja, ja, ich habe Richard umgebracht! Ich habe Uma aufrichtig geliebt, seit unserer Schulzeit schon, doch sie wollte immer nur Richard! Deshalb bin ich Pfarrer geworden! Doch dann begann Richard zu trinken, er schlug Uma und Uma kam zu mir, um sich in der Kirche vor Richard zu verstecken!" Pfarrer Gregorius machte eine Pause, Tränen liefen über sein Gesicht. „Dann kam Richard, er war betrunken, er wollte zu Uma. Ich wollte ihn zurückhalten, aber er griff mich an und da nahm ich das Messer ...", Gregorius stockte. „Und was war mit Uma?", bohrte Annie erbarmungslos weiter. „Vor einer Woche war ich bei ihr zu Besuch und sie sagte mir einfach pue a pue, sie wüsste jetzt, dass ich es gewesen wäre, sie würde es melden! Ich wollte mit ihr reden, doch sie lief hinaus und wollte um Hilfe schreien!". „Da haben Sie sie auch umgebracht!", flüsterte Randolf, dem plötzlich alles klar war. Er schämte sich dafür, Annie verdächtigt zu haben. Gregorius nickte: „Ja, ich habe sie umgebracht, aber jetzt ... Ihr wisst, dass ich euch nicht gehen lassen kann.".

Gregorius Stimme klang traurig, als er das Messer nahm, es war das Messer, das Randolf auf dem Altar gesehen hatte. Langsam schritt der Pfarrer auf die Beiden zu, das Messer hielt er fest in der Hand. Das war etwas, was Randolf nicht vorher bedacht hatte, dieses Risiko. Er wusste, Gregorius würde nun sie Beide töten. Der Moment dauerte eine Ewigkeit, doch plötzlich zog Annie eine Waffe aus der Tasche. Sie zielte auf Gregorius und sagte: „Schluss jetzt. Sie töten niemanden mehr. Darf ich mich vorstellen, ich bin Annie Milton, Brickstone Polizei! Sie sind verhaftet!". Randolf war verwirrt, er wusste nicht mehr, was wahr war und was nicht. Aber Annie, ganz egal wer sie war, hatte ihm das Leben gerettet, so viel war sicher.

10

Pfarrer Gregorius wurde verhaftet. Annie Milton war tatsächlich von der auswärtigen Polizei. Sie wurde hinzugezogen, weil dieser Fall die Kompetenzen der städtischen Polizei überstieg. Das Einzige, womit Annie nicht gelogen hatte, war, dass sie verheiratet war, zum Leidwesen von Randolf. Randolf musste an den Arzt denken, er hatte Recht gehabt, Annie war nicht Umas Nichte, zum Glück hat er mit allen anderen

Vermutungen falsch gelegen. Randolf bekam ein hohes Belohnungsgeld und konnte sich von da an auf seine Künstlerkarriere konzentrieren. Man sagt er trug nie wieder Zeitungen aus ...

Die Karrierefrau

1

(...) Sie war Ende zwanzig, attraktiv, intelligent und selbstbewusst. Natürlich hatte sie einen beneidenswerten, verantwortungsvollen Job, der wahnsinnig gut bezahlt wurde. Einen perfekten Job, der, als ob es nicht schon genug wäre, auch noch riesigen Spaß machte. Einen Miss Perfect Job für Miss Perfect eben.

Ihr wisst schon, einen von jenen, bei denen man absolut elegant gekleidet und topp gestylt mit diesen kleinen eckigen Designeraktentäschchen rumläuft.

So schritt sie also Tag für Tag in ihrem Chanelkostüm, umwoben von dem Duft unglaublicher Macht und atemberaubenden Erfolges, mit elastisch schwingendem Haar à la Drei-Wetter-Taft auf ein enorm hohes Glasgebäude zu.

Die schicke gläserne Drehtür schwang. Laut klirrten die Absätze ihrer edlen Pumps. Das Geräusch war auf dem glatt polierten Boden so durchdringend, dass es so schien, als wäre dies das einzige existierende Geräusch überhaupt. Das Gebäude hielt einen Moment lang den Atem an. Sie blieb stehen, blicke sich um, nahm ihre Gucci Sonnenbrille mit einer gezierten Bewegung ab.

Jetzt erst schienen die vielen Menschen aus einer Art Standbild aufgewacht zu sein. Das Leben ging weiter und sie lächelte selbstzufrieden.

Als sie den Aufzug betrat, verbeugten sich ein paar reiche und namenhafte Manager scheu den Blick abwendend vor ihr und ließen ihr den Vortritt. Ohne wirkliche Regung ging sie an ihnen vorbei. Doch in

ihrem Inneren hüpfte und schrie es vor lauter Freude und Aufregung darüber und am liebsten hätte sie sich so lange lachend gedreht, bis sie lachend zu Boden gefallen wäre. Aber von all dem war ihr nichts anzusehen, früher, ja früher wäre das vielleicht anders gewesen. Aber nicht jetzt, jetzt war ihre Zeit.
Während der Aufzug geräuschlos aufwärts glitt, 1,2,3, ..., schaute sie auf die Uhr: 9.34.22 Uhr. Vier Minuten und 22 Sekunden zu spät, wie immer. Wenn sie ankam, würden es fünf Minuten sein, wie immer.
12, ping! Sie war da. Mit einem entschlossenen Lächeln zupfte sie noch einmal ihr akribisch gereinigtes und gebügeltes Kostüm zurecht. Sie hasste ungepflegte Kleidung, was bei ihr bereits bei einem Fussel begann. Ihre Mutter hatte immer gesagt: „Kleider machen Leute!". Obwohl sie eigentlich weder abergläubisch war noch prinzipiell etwas auf anderer Leute Lebensweisheiten hielt, hatte sie sich dieses Sprichwort schon früh und prägnant zu Herzen genommen.
Die verstohlenen Seitenblicke ignorierend ging sie zielstrebig den purpurroten Teppich entlang, an den anderen Schreibtischen vorbei. Wieder war es solch ein magischer Moment. Stille. Alles stockte. Erst als die Mahagonitür ihres Büros zufiel, begann der Puls des Lebens in dem Gebäude langsam wieder zu schlagen und die Menschen gingen an ihre Arbeit.

2

Das Büro, ihr Büro, war etwas ganz Besonderes. Es war nicht einfach ein Zimmer. Das Büro war sie! Ja, denn es verkörperte alles, was sie war, was sie wollte und genauso wie sie strahlte es eine ungeheure, einschüchternde Autorität und Individualität aus.

Es war wohl auch das einzige Büro mit Parkettboden, denn das musste man ihr lassen: Sie hatte Stil! Und es war nun einmal so, dass der Parkettboden hervorragend mit den apricotfarbenen Wänden harmonierte.
Da das Büro recht groß war, war es ihr gelungen es so einzurichten, dass sie viele Dinge unterbringen konnte ohne den Raum überfüllt aussehen zu lassen. Überhaupt hatte sie die Aufgabe des Einrichtens sehr ernst genommen, denn zum einen war das etwas, was sie wirklich gern tat, was aber eigentlich unwesentlich war, denn hier hatten Hobbys nun wirklich nichts verloren und zum anderen war sie sich der Symbolik eines Büros durchaus von Anfang an bewusst gewesen. Ihren Ledersessel hatte sie zum Beispiel ganz bewusst so platziert, dass sie mit dem Rücken zu der Fensterwand saß.
Wenn nun jemand vor ihren Schreibtisch trat, bot sich ihm ein sehr beeindruckendes Bild. Da das Gebäude so hoch war, konnte man nämlich die gesamte Stadt überblicken und so wie sich diese enorm hinter ihrem Rücken erstreckte, wirkte sie als würde Welt ihr gehören!
Es war tatsächlich so, dass sie nur aus diesem Fenster schauen musste, wenn es ihr schlecht ging oder sie an sich selbst zweifelte, was natürlich nie irgendein Sterblicher mitbekommen durfte, und sie fühlte sich wieder großartig. Aber das war nicht weiter schwierig, da sie alle Regeln der gesellschaftlichen Maskerade und Schauspielerei bestens beherrschte. Natürlich könnten Moralisten jetzt einwenden, dass dies doch alles unnatürlich sei und im Grunde eine Lüge, da man sich seiner Gefühle wegen nicht zu schämen bräuchte und jeder Mensch Schwächen hätte. Doch schließlich musste man doch sehen, wo man blieb oder? Jedenfalls war dies mit der „Ich bin wie ich bin - Methode" nicht machbar, zumindest nicht im richtigen Leben!
Sie lebte nach dem Motto: Deine Schwäche ist des anderen Stärke! Also keine Schwäche, keine Stärke der Anderen, kein Ruin! Harte Welt oder? Hart aber real!

Ihr Schreibtisch war wahnsinnig groß, was einerseits praktisch, andererseits zugegebenermaßen Imponiergehabe war. Darauf befanden sich etliche Bürogeräte und Stapel von Akten und Unterlagen, schließlich arbeitete sie ja hier.

Die rechte Zimmerwand bestand beinahe ganz aus einem Bücherregal mit lauter Fachbüchern in allen nur erdenklichen Sprachen. Es war noch nicht mal so ,dass sie all diese Bücher je gelesen hätte, geschweige denn alle Sprache auch nur ansatzweise beherrschte, aber es machte Eindruck! Und das war alles, was zählte.

Auf der anderen Zimmerseite befand sich ein abschließbarer Schrank, ein Radio, ein antiker Kleiderständer und ein großes Aquarium mit japanischen Kampffischen darin. Auch wenn es sich etwas kurios anhört, irgendwie meinte sie die Fische würden zu ihr passen ...

3

Außerdem hingen in dem Zimmer noch zwei Bilder. Bilder, nannte sie sie, denn Gemälde fand sie, hörte sich veraltet an.

Es handelte sich um einen Picasso, der etwas seltsam in dem Büro anmutete, da er eindeutig provokativ gegen die herrschende Ordnung verstieß.

Das andere „Bild" war sogar noch rätselhafter. Es hatte keine Vergangenheit und andererseits dann doch wieder vermutlich die spektakulärste Vergangenheit, die man sich nur denken kann.

Sie hatte es relativ günstig in einem Antiquariat erworben. Sie war sofort fasziniert gewesen von diesem Bild, obwohl es eigentlich eher beängstigend war.

Das Bild zeigte den Tod als blankes Skelett in einem schwarzen, mit der Dunkelheit verschmelzenden Umhang auf einem schwarzen Pferd. Seine

Fratze war zu einem hysterischen Lachen verformt. Im Hintergrund war eine Stadt in Flammen. Die Flammen waren gigantisch und blutrot.
In den Flammen waren massenhaft Silhouetten von gequälten Gesichtern zu erkennen. Die Stadt im Hintergrund war New York mit all den hohen Glasgebäuden.
Sie war vermutlich der einzige Mensch auf Erden, der nicht schockiert war von dem Bild. Nun, schön fand sie es in dem Sinne auch nicht, aber faszinierend, so unglaublich faszinierend, dass sie sich zurückhalten musste, es nicht ewig anzustarren und manchmal überkam sie dann ein undefinierbares, seltsames Gefühl.
Wenn sie zu lange auf das Bild starrte, sah sie plötzlich ihr eigenes Gesicht anstelle des Totenkopfes. Dann verließ sie eiligst und wortlos das Gebäude und versuchte sich abzulenken.
Doch wegschmeißen konnte sie das Bild nicht, sie spürte irgendwie, dass das ein großer Fehler wäre.

4

Nach ihrem Arbeitstag saß sie abends oft noch allein in einem leeren Cafe. Sie hasste es im Grunde unter Menschen zu sein; sie genoss die Einsamkeit, denn sie wollte niemals in Versuchung geraten ihr Einzelgänger- oder Kämpferdasein aufzugeben, da das ein Fehler war, den schon viele einflussreiche und aufstrebende Menschen begangen hatten. Nur zu oft hatte sie so etwas beobachten müssen.
Kontakte zu knüpfen bedeutete sich zu öffnen, sich zu öffnen bedeutete Schwächen preiszugeben und nur zu leicht konnte es passieren, dass jemand eben diese ausnutzte. Nein, nicht mit ihr! Soweit würde es nie kommen!

Sie saß gern bei ihrem Kaffee am Fenster, hörte die rauchige Soulmusik und starrte heraus auf die Straße. Ihre Gedanken kreisten. Zu gern beobachtete sie diese einfältigen Menschen dort draußen. Manchmal entwickelte sie sogar eine Art Verachtung für sie, weil sie meinte sie alle zu durchschauen. Sie waren alle so simpel und dumm. Sie brauchte sie nur anzusehen und wusste alles über sie, wer sie waren, wie sie lebten, was aus ihnen werden würde.

Dort war zum Beispiel, an der Kreuzung, ein junger Bursche mit raspelkurzen Haaren, knochigem Gesicht, markanten Wangenknochen und einem Ohrring. Er war groß und sportlich gekleidet. Außerdem hatte er einen kleinen stämmigen, ungewöhnlich hässlichen Hund an der Leine und schaute sich nervös um.

Sie wusste es sofort. Sie wusste, er war etwa 19 Jahre alt, hatte aus Frust und Langweile die Schule abgebrochen, machte vermutlich eine Handwerkerlehre, war vorbestraft, gehörte einer Clique mit Seinesgleichen an. Sie war sich sicher.

Irgendwie fühlte sie sich ihm einen Augenblick lang tatsächlich und aufrichtig verbunden, doch dann ertappte sie sich dabei und begann ihn zu hassen. Er widerte sie an, so dass sie sich abwenden musste. In ihrem Kopf begann es zu pochen.

Sie bezahlte schnell und ging. Sie stieg in ihren schwarzen Mercedes. Dienstwagen hatten sie das genannt. Das war ihr nur allzu recht.

5

Gedankenverloren fuhr sie nach Hause. Nach Hause, das bedeutete in das Luxusviertel, Milanstraße. Sie bewohnte ein Penthaus mit Dachterrasse.

Sie schloss die Tür auf, schleuderte einerseits zufrieden andererseits erschöpft ihre Schuhe in die Ecke und beförderte ihren Mantel mit einem lässigen Schwung auf den Kleiderständer.
Dann ließ sie sich auf ihr Ledersofa fallen, streckte ihre Beine aus und schaltete den Plasmafernseher ein. So ließ sie eigentlich jeden Tag ausklingen, auf diesem Sofa.
Da sie noch nichts gegessen hatte, griff sie zum Telefon und bestellte sich eine Pizza. Sie ernährte sich nach allgemeinen Maßstäben wirklich nicht gesund.
Gekocht hatte sie schon lange nicht mehr, sie hasste es. Es war zeit -und arbeitsaufwendig, abgesehen davon, dass es ihr sowieso nicht lag und noch nie gelegen hatte. Außerdem hasste sie generell alles, was zeitaufwendig war, denn schon früh hatte sie lernen müssen, dass der berühmte Ausspruch: Zeit ist Geld, tatsächlich stimmte.
Etwa zwei Stunden später lag sie müde und satt im Bett. Sie drehte den Dämmschalter aus und stieß sich prompt an der Bettkante. Was hatte sie sich nur dabei gedacht, als sie sich ein rundes Bett kaufte? Sie seufzte und schlief ein.

6

Obwohl sie frei hatte, erwachte sie am nächsten Morgen zu ihrer gewohnten Zeit. Sie rekelte sich und schaute sich in ihrem Zimmer um.
Obwohl sie nur selten zu Hause war, war die ganze Wohnung sehr aufgeräumt. Das lag zum Teil daran, dass sie die Wohnung nur selten als solche wirklich nutzte und zum anderen nicht unwesentlich an Eva, ihrer Putzfrau.
Nach einem spärlichen Frühstück stand sie in ihrem begehbaren Kleiderschrank und überlegte, was sie anziehen wollte.

Der Samstag war natürlich wie immer bereits mit Terminen vollgepackt. Zuerst würde sie zur Kosmetikerin gehen, dann Massage, Maniküre und natürlich Friseur. Zu guter letzt würde sie noch einkaufen gehen.
Am Abend wollte sie mit ein paar Freunden ins Theater gehen und anschließend vielleicht noch auf einen Drink.
Da es ein schon recht frischer Herbsttag war, entschied sie sich vorerst für ihren fliederfarbenen Kaschmirpullover, dazu ihre schwarze Lederhose. Das war ihrer Meinung nach das perfekte Outfit für ihre Vorhaben, schlicht, aber praktisch und stilvoll. Dass dieser Aufzug ihre Figur und ihren Typ bewundernswert unterstrich, war ein willkommener Nebeneffekt, wenn auch nicht von der Hand zu weisen.
Sie schminkte sich mit einigen schnellen und gekonnten Handgriffen, dezent und angebracht, aber trotzdem sorgfältig und schön. Dann bürstete sie noch ihr blondes Haar, zog ihre hochhackigen Stiefelethos und einen karamellfarbenen Halbmantel mit Felleinlage an und verließ nach einem letzten prüfenden Blick in den Spiegel das Haus.

7

Nachdem sie bei der Kosmetikerin mal wieder sehr gelitten hatte, entspannte sie sich umso mehr bei der Massage.
Als nun auch ihre Nägel neu aufpoliert und ihre goldenen Locken aufgebessert worden waren, begann das eigentliche Vergnügen.
Sie liebte es einzukaufen. Dabei gab sie auch gern ihr nicht zu knappes Geld aus. Viele Stunden später saß sie dann zufrieden bei einem Martini in einem Stadtcafe. Sie war regelrecht umbaut von Einkaufstaschen nobler Boutiquen. Es war wieder eine gute Ausbeute gewesen. Sie war glücklich.

Als sie wieder zu Hause war, war es schon recht spät geworden und sie musste sofort mit den Vorbereitungen für den Abend beginnen. Sie feilte an jedem Detail, da es sich um ein Event handelte, bei dem sie erneut Stil und blendendes Auftreten beweisen musste.

Ihre Begleiter waren ihr sehr wichtig, denn sie alle hatten in irgendeiner Weise einen idealistischen oder praktischen Wert für sie.

An der Zahl waren es fünf. Philis Morris, ihre alte Schulfreundin, zu der sie immer noch guten Kontakt hielt, sie war nun Steuerberaterin. Rick Tiger, der Sohn des großen Konzernpräsidenten von Tiger und Sohn, Michael Wood, der Manager einer Plattenfirma, den sie mal bei einer Kunstausstellung kennen gelernt hatte. Und zuletzt Frederik Davis mit seiner Verlobten Gladis.

Oft war es so, dass sie mit Philis wegging und den Rest der Gesandtschaft nach Belieben zur Faszination ihrer Freundin zusammenstellte.

Für diesen Anlass wählte sie deshalb ihr kurzes rotes Satinkleid aus. Dazu wählte sie ihren schwarzen Samtmantel, rote Pumps und große goldene Ohrringe. Nachdem sie ihre Haare hochgesteckt und ihre vollen Lippen tiefrot geschminkt hatte, fand sie dass sie den Anforderung des Abends genügen würde. Tatsächlich sah sie blendend aus.

Als ihre Freunde sie mit einer Limousine abholten, war sie gerade fertig geworden. Während ihre Freundin nur grinsend den Kopf über sie schüttelte, waren vor allem die jungen Männer tief beeindruckt von ihrer Aufmachung. Sie wusste dies und genoss die Blicke.

Champagnertrinkend und schwatzend verging die Fahrt schnell.

Die Aufführung von Hamlet gefiel allen sehr gut und auch sie selbst war völlig mitgerissen von dem Gefühl und der Verzweiflung, die die Schauspieler in ihre Inszenierung investierten. Berauscht verließen sie letztlich das Theater wieder und gingen noch in eine Bar, wo sie ausgelassen feierten.

Für sie gehörten solche Dinge so gesehen zum Programm, auch ihr strahlendes Lächeln war jederzeit abrufbar und gehörte auch hier dazu.
Sie hatte den ganzen Abend redlich Mühe die Annäherungsversuche der Männer abzublocken. Denn das waren Dinge, die eben nicht zum Programm gehörten, nicht zu ihrem Programm.
Als sie merkte, dass die Stimmung zu ausgelassen und ungezwungen wurde, nahm sie sich ein Taxi, denn solch spontane und unkontrollierte Partys gehörten ebenso wenig zu ihrem Repertoire wie Männer.

8

Mittlerweile hatte es angefangen stark zu regnen. Als der Wagen an einer roten Ampel hielt, schaute sie aus dem Fenster in den strömenden Regen.
Auf den abgewetzten Treppenstufen eines Spielkasinos saß der junge Bursche, den sie schon letztens aus dem Caféfenster beobachtet hatte. Doch diesmal war etwas anders. Er war allein, auch seinen Hund hatte er nicht dabei.
Er war durchnässt vom Regen, aber das schien ihm nichts auszumachen. Er saß dort, völlig apathisch und sog gierig den Rauch seiner Zigarette ein. Seine Hand zitterte, fast wäre die Zigarette, an der er sich eisern festklammerte heruntergefallen; Er fror. Sein Blick war starr auf den schmutzigen Boden gerichtet.
Doch plötzlich, nachdem schon einige Sekunden so vergangen waren, hob er seien Blick und schaute ihr direkt in die Augen. Sie erschrak.
In seinen Augen war Leere, Angst und ungeheure Verzweiflung. Das Wasser lief an seinen Wangen herunter, wie nicht endenwollende Tränen. Panisch wandte sie ihren Blick ab, sie führte sich ertappt, in ihrem inneren unfreiwillig berührt.

Das letzte, was sie dann noch sah, war dass sich sein Ausdruck plötzlich schlagartig veränderte. Sie war schockiert, denn da war auf einmal ein Ausdruck, der sogar noch viel stärker war als die bisherigen, stärker als sie es jemals gesehen hatte, es war Wut! Unglaubliche Wut, Hass!
Das Taxi fuhr wieder los. Sie war zum ersten Mal seit langem zutiefst verwirrt.
Sie verstand es nicht und es machte ihr Angst.

9

Am nächsten Morgen ging sie wie gewohnt zur Arbeit. Alles war wie immer. Das Glasgebäude, der purpurrote Teppich, die Stille, die Blicke, alles.
Die Tür ihres Büros fiel zu. Gerade als sie sich hat in ihren Sessel sinken lassen, schrillte das Telefon. Sie nahm ab. Am anderen Ende war ihr Chef! Sie erschrak, es kam eigentlich nie vor, dass er anrief, denn er war eines der besonders hohen Tiere und meistens außer Lande. Als er sie dringend um ein Treffen bat, hätte sie beinahe den Hörer fallen lassen.
Sie legte auf. Sie zitterte am ganzen Körper und ihr Mund war trocken.
Hektisch und zerstreut verließ sie ihr Büro und lief aus dem Gebäude. Dabei rannte sie gegen einige Mitarbeiter und irritierte diese durch ihr ungewohntes Verhalten. Eine Stunde später saß sie in der Vorhalle des Büros von Mr. Peters. Sie war aufgeregt. Es war äußerst ungewöhnlich für sie in einem Warteraum zu sitzen, hilflos, anderen ausgeliefert. Gewöhnlich ließ sie andere warten. Zu allem Überfluss beäugte sie auch noch ständig die Sekretärin kritisch und herablassend.
Sie fühlte sich schrecklich. Als sie hineingebeten wurde, musste sie tief Luftholen, um sich an ihr Programm zu erinnern und mit einem optimistischen Lächeln einzutreten. Mr. Peters reichte ihr die Hand und

sie setzte sich. Sie musste ihre gesamte Beherrschung aufbringen, um nicht zusammenzubrechen.
Dieses Büro war noch prachtvoller und eindrucksvoller als ihres, Mr Peters war noch einflussreicher als sie und strahlte noch mehr Autorität aus! Doch sein Gesicht war ernst. Er faltete die Hände und legte eine künstlerische Pause ein, bevor er zu sprechen begann.
Dann sagte er ihr, dass sie es in den letzten Jahren nicht geschafft hätte den Profit der Firma zu steigern. Dieser sei sogar um ganze 33% zurückgegangen. Das bedeutete, er würde ihre Firma an eine andere verkaufen müssen. 50% der Mitarbeiter müssten entlassen werden. Sie sei auch darunter, aber sie habe noch eine Woche Zeit sich zu verabschieden und ihr Büro zu räumen.
Es war wie die Apokalypse für sie. Der immense Schock bewirkte, dass sie mit verkniffenem und starren Gesicht das Gebäude verließ. Draußen begann sie zu rennen, sie rannte die ganze Strecke nach Hause. Das hatte sie noch nie getan.

10

Die nächsten Tage meldete sie sich krank, was sie vorher noch nie getan hatte, auch dann nicht, als sie wirklich krank gewesen war. Diese Tage verbrachte sie ausschließlich im Bett.
Ihrer Putzfrau hatte sie frei gegeben, weil sie auf gar keinen Fall von ihr gesehen werden wollte. Entsprechend sah auch bald die Wohnung aus. Überall lagen Kleidungsstücke herum, der Stuhl war umgeworfen, das Geschirr stapelte sich überall. Aber nein, sie weinte nicht!
All die Zeit lag sie einfach nur da. Ohne zu schlafen. Sie lag nur da und starrte auf die Decke, bewegungslos, mehrere Tage lang.

Sie war verantwortlich für eine 33% Rezession! Unter ihrer Leitung! Man hatte sie, sie(!) gefeuert! Gefeuert! Das Wort brannte sich in ihren Kopf und sie sollte es niemals wieder vergessen!

Nach etwa drei Tagen ging sie wieder zur Arbeit, um ihre persönlichen Sachen zu holen. Diesmal war nichts wie sonst. Es entstand kein magischer Moment, als sie eintrat. Es war mehr so, als würde sie die Hölle betreten! Niemand grüßte sie. Die Menschen schauten sie aus glühenden Auge an. Fast rannte sie in ihr Büro!

Sie schloss die Tür und lehnte sich mit geschlossenen Augen gegen sie. Nachdem sie einmal tief durchgeatmet hatte, öffnete sie ihre Augen wieder und ihr entfuhr ein kleiner Aufschrei! Denn in ihrem Büro war fast nichts mehr!

Überall standen nur Kisten herum, in die man schon ihre Sachen getan hatte. Ihr Büro! Ihr schönes, stilvolles Büro, ihre ganze Persönlichkeit, ihre Identität, ihr Selbst! Geschändet! Jemand hatte sich dessen bemächtigt!

Sie musste sich festhalten, weil sie immer heftiger begann zu zittern. Sie guckte nach links und stellte fest, dass jemand ihren teuren Picasso hat mitgehen lassen! Ja tatsächlich!

Schlagartig warf sie ihren Kopf herum. Sie starrte direkt auf das andere Bild, mit dem Skelett. Ihre Augen bohrten sich in dieses Bild. Auf einmal sah sie alles deutlich vor sich. Das Skelett nahm ihre Form an! Es sah gänzlich so aus wie sie! Unter dem tiefroten Lippenstift verzog es seinen Mund zu einem hämischen Grinsen. Der Rappe stieg, das Skelett triumphierte. Eines der Gebäude im Hintergrund erkannte sie als DAS Glasgebäude wieder!

Und plötzlich wurde ihr alles klar! Sie blickte in die Gesichter in den Flamen und sah die Gesichter ihrer Mitarbeiter, die wegen ihr ebenfalls ihren Job verloren hatten! Sie packte das Bild und riss es von der Wand. Danach lief sie hinaus, sie prallte gegen einen Mitarbeiter, der auch einen Karton trug. Die selben Flammen erkannte sie in seinen Augen wieder!

Sie rannte. Sie rannte hinaus. Langsam liefen ihr die Tränen über die Wangen. Sie konnte einfach nicht anders. Draußen regnete es in Strömen. Sie rannte weiter.
Ihr elegantes Kostüm war bald schmutzig und durchnässt, ihre Haare klebten ihr im Gesicht, während ihr die Schminke herunterlief. Sie rannte.

11

An einer Treppe brach sie zusammen. Nun saß sie da und weinte. Während sich ihre Tränen mit dem Regen vermischten, hielt genau neben ihr ein Bus. Das Wasser spritzte. In dem Bus saß der junge Mann mit dem hässlichen Hund. Er schaute ihr direkt in die Augen.
In seinen Augen sah sie diesmal Überraschung, Interesse und dann plötzlich, kurz bevor der Bus weiterfuhr, sah sie noch etwas anderes.
Plötzlich sah sie so etwas wie Genugtuung in seinen Augen und er wandte sich einfach mit einem Lächeln ab!
Und sie saß da und verstand. Sie verstand plötzlich sehr gut (...).

Ein kleiner Sprung in die Freiheit

1

Sie saß nun schon fast zwei Stunden auf der Fensterbank und schaute hinaus in den Regen. Sie war allein zu Hause und der Raum war ganz und gar erfüllt von dem satten Klang der schweren Regentropfen, die auf das harte Fensterbrett schlugen. In ihren ausdruckslosen Augen spiegelten sich diese Tropfen, so dass es so schien, als läge die Welt nicht hinter dem Fenster, sondern in ihr, tief hinter ihren Augen.

In diesem Moment war sie ganz ruhig. So ruhig und mit sich selbst im Reinen war sie vermutlich noch nie gewesen. Eigentlich hatte sie jedoch keinen Grund dafür, denn sie hatte noch viel zu tun. Doch was würde schon großartiges passieren, wenn sie es ganz einfach nicht tat? Die Welt würde sich weiterdrehen, das Leben würde weitergehen, auch ohne sie. Alles schien in letzter Zeit schief zu gehen. Dinge, die einst sehr wichtig für sie waren, schienen einfach zu zerbrechen wie chinesische Mingvasen. Und sie konnte nichts dagegen tun.

Doch, sie konnte schon, nur konnte sie nicht. Das hört sich vielleicht komisch an, doch es war tatsächlich so! Um diese gewaltige imaginäre Kurve zu kriegen, wie man so sagt, müsste sie ihr gesamtes Leben umkrempeln und einen ganz neuen Start machen. Es bedeutete eine Menge Arbeit und Mühe und alles nur, um vielleicht eines Tages wieder am Nullpunkt zu stehen. War es das wert?

Es gab so viele einfachere Lösungen als in das Schicksal und den Lauf der Dinge einzusteigen. Sie durfte sich davon nur nicht einnehmen lassen! Sie müsste sich einfach nur querstellen und sagen:

„Nein, das mach ich nicht mit! Es reicht!".

Dann wäre alles einfacher. Schließlich hatte sie schon so verdammt viel getan und gelitten, um ihr Leben zu meistern. Der Lohn dafür war bisher jedoch eher spärlich geblieben. Es wäre dumm von ihr weiterzumachen. Sie würde ihren Weg gehen, indem sie einfach ausstieg.

2

Doch, obwohl alle Logik dafür sprach, war gerade diese Entscheidung, dieser kleine Schritt, der nur einen Moment in ihrem bisher verschwendeten Leben einnahm, unglaublich schwierig. Denn er war unwiderrufbar. Er war so zu sagen vom Umtausch ausgeschlossen.

Ein bisschen schämte sie sich dafür, dass sie so feige war. Sonst spuckte sie so große Töne und um ein klares Wort verlegen war sie auch noch nie gewesen, aber jetzt, jetzt war die Gelegenheit besser denn je, doch irgendetwas hielt sie zurück. Was es war, wusste sie nicht. Denn es gab im Grunde nichts Fassbares und Offensichtliches, was sie deutlich davon abhielt. Sie gehörte sich selbst und konnte ihren Weg wählen.

Ihr wurde plötzlich klar, dass es eigentlich ganz egal war, wie sie sich entschied. Auf der Welt gab es so viele Menschen, die täglich so viele Entscheidungen trafen. Das würden sie auch weiterhin tun. Eigentlich war es also sinnlos.

3

Aber war nicht alles sinnlos? Sinn des Lebens! Dass sie nicht lachte! So etwas gab es nicht, nicht solange man nicht selbst eingriff und seinem Leben einen Sinn gab! Doch auch das war pure Illusion.

Man konnte sein Leben mit einem Sinn verwirken, sich selbst täuschen, teils bewusst, teils unbewusst.
Wahrscheinlich machte sie sich mal wieder viel zu viele Gedanken, aber irgendeiner musste sich ja Gedanken machen und überhaupt: Machte man sich Gedanken? Gedanken waren wie Parasiten! Sie kamen einfach zu einem und nistete sich ein, ließen einen nicht mehr los! Man konnte sie verdrängen, aber sie waren ganz gewiss noch da und kamen dann wieder zu Tage, wenn man sie am wenigsten gebrauchen konnte.
Also hatte sie doch wohl ein natürliches Anrecht auf Gedanken, auch wenn sie manchmal etwas verquer waren, aber dafür konnte sie nichts.
Allmählich begriff sie, dass nichts so war, wie es sein sollte. Sie mit ihren ganzen Fehlern, mit ihrem Pech, ihrem Schicksal und ihren gestörten Gedanken, entsprach nicht einmal ihren eigenen Idealen. Bezogen auf die Ideale Anderer, auf die Ideale dieser Welt, war sie ein Nichts.
Nach ihrem Tod zum Beispiel wäre sie nur eine Akte. Kühle, geduldige schwarze Buchstaben auf weißem Papier. Sonst nichts. An ihrer Stelle würde vielleicht jemand anders sein Leben kämpfen.

4

Viele Menschen freuten sich über alles mögliche, was ihnen an positiven Dingen geschah. Diese Menschen waren für sie blind. Sie sahen nicht, dass diese positiven Geschehnisse im Grunde nichtig waren. Niemand fragte danach.
Wahrscheinlich saß irgendwo da oben, sie schaute an den Regentropfen vorbei in den grauen Himmel, jemand, der in diesen Momenten wahnsinnig über diesen kleinen glücklichen Menschen lachte. Er lachte über seine Torheit. Noch mehr lachte er dann, wenn er demselben

Menschen nur Wimpernschläge später sein Glück mit zehnfachem Leid wieder entriss! Ja! So war die Welt! Grausam, hart zu jedem!

Die Menschen wollten es nur nicht wahrhaben, weil es sie unglücklich machte.

Stattdessen stürzten sie sich in ihr Leben wie in ein Abenteuer, in dem es eigentlich gar kein Happy End geben konnte. Jedes dieser Abenteuer endete nun einmal letztlich mit dem gleichen Tod. Ganz egal wie es verlaufen war, das Ende war immer gleich, absehbar.

Es war eine Art Spiel und die Menschen waren dumm genug sich als Spielfiguren missbrauchen zu lassen!

Sie könnte diesem Spiel entgehen, bevor es sie Schach Matt setzte. Sie hatte die Macht! Die Macht über den Gamemaster! Bei dem Gedanken musste sie lachen.

Dann wechselte ihre Stimmung Schlag auf Schlag. Was war, wenn das hier auch ein Feld auf dem Spielplan war? Wenn ihre Gedanken sinnlos waren wie alles andere in der Welt auch? Wenn es sowieso schon vorbestimmt war, was sie tun würde?

Diese Vorstellung machte sie wütend. Sie wollte endlich das große Los ziehen, von dem Gefühl absoluten Glücks umwoben werden! Sie, als Person, nicht als Marionette!

5

Sie stand auf, ging in die Küche. Aus der Schublade holte sie ein großes silbernes Messer mit schwarzem Griff. Sie setzte sich damit wieder auf die Fensterbank, auf der sie gesessen hatte. Sie hielt sich an dem Messer fest und fühlte sich schon viel besser.

Ihr Gesicht entspannte sich und ihre Lippen waren umspielt von dem

Anflug eines Lächelns. Ihr Auge spiegelte sich in der blanken Messerklinge.
Sie schaute tief in ihr eigenes Auge. Für einen Moment war sie verwirrt, denn sie sah in dem Messer ihr eigenes Auge gefangen, das ihr direkt ins Auge schaute, das in das Auge schaute und so weiter.
Plötzlich sah sie, wie eine Träne aus ihrem Auge floss und sich langsam an ihrer Wange hinabschlang wie die Regentropfen auf der Fensterscheibe, schwer, langsam, irgendwie traurig, aber unaufhaltsam dem Ziel entgegen! Verärgert wischte sie die Träne mit ihrem Handrücken weg. Gerade als sie ihre Hand wieder zurückführen wollte, hielt sie inne. Sie betrachtete, nicht ohne ein gewisses Gefühl der Abscheu, ihr knochiges weißes Handgelenk.
Dann viel ihr Blick auf ihre Adern. Klar, blau und kühl. Neben ihr lag das Messer.
Nein, das konnte sie nicht tun. Der Gedanke war der seltsamste überhaupt, aber sie wusste, es würde weh tun. Außerdem hatte sie nicht die Kraft dazu. Ihre Hände zitterten.

6

Wie in Trance stand sie plötzlich von einer unsichtbaren Macht getrieben auf, ließ das Messer einfach fallen und stieg alle Treppen hinauf, bis sie auf das Hausdach gelangte. Hier war sie noch nie gewesen. Es war kalt und windig. Der Wind zerzauste ihr langes blondes Haar. Allmählich begann es zu regnen.
Sie richtete sich auf, machte sich ganz groß und fühlte sich auf einmal großartig, als wäre dieses Dach eine Art Schutzzone. Sie fühlte, dass ihr an diesem Ort keiner etwas tun konnte. Hier war sie völlig frei. Frei von allen Mächten. Frei von den himmlischen Mächten. Nur sie allein!

Selbstbewusst schritt sie an den Rand des Daches. Zehntes Stockwerk. Es regnete immer heftiger.
Langsam setzte sie sich hin und ließ ihre Beine pendeln; langsam spürte sie wie sich ihre Kleidung voll sog.
Ihre Haare klebten strähnig in ihrem Gesicht. Aber sie fühlte sich gut, sehr gut sogar. Sie atmete tief ein.
Dann guckte sie nach unten. Das Leben pulsierte unter ihr. Alles in der Miniaturausgabe. Sie dachte, sie würde sich um die Stelle des Männchens im Himmel bewerben und plötzlich konnte sie ihm sein Spiel nicht mehr verübeln. Sie spürte die unglaubliche Macht von hier oben. Sie hatte den absoluten Überblick.
Dort unten waren Menschen, viele Menschen, winzig klein, alle mit ihren Problemen, wie sie versuchten sich durch den Tag zu kämpfen und das Beste aus ihrer Situation zu machen. Sie lachte hysterisch.
Sie rutschte näher an den Abgrund. Angst hatte sie nun auch keine mehr. Jegliche Scheu war vom Regen weggewaschen.
Sie sprang auf, breitete die Arme aus und schloss die Augen. Ihre Tränen vermischten sich mit dem Regen und tropften auf die Straße hinab, auf die ahnungslosen Menschen. Sie lachte und sprang ...

7

Plötzlich war alles wie in Zeitlupe. Während sie dort fiel, empfand sie intensiver als je zuvor. Ja, es war der schönste Moment in ihrem Leben. Sie war befreit, erlöst, verspürte Glück, dass ihr niemand mehr nehmen konnte. Es steigerte sich von Sekunde zu Sekunde und euphorisierte sie ins Unermessliche.
Gerade, als sie dachte vor Freude zu explodieren, war es plötzlich vorbei.

Alles wurde mit einem Mal hell, sehr hell. Den Regen sah sie nicht mehr. Das Licht war das Letzte, was sie sah. Das helle Licht und dann wurde es langsam immer dunkler...
Dies war der letzte Tag im Leben von Ricarda Knox.

Pauline, April und Eve
im
Reich der verlorenen Sachen

1

„Aufstehen!!!“, rief Pauline vergnügt und riss die Vorhänge von den Fenstern. Ihre Freundinnen Eve und April konnten ihren morgendlichen Enthusiasmus leider nicht teilen. Nun gut, man muss zugeben, dass „morgendlich“ ein bisschen überzogen war, denn es war bereits dreizehn Uhr mittags.

Pauline und April hatten bei Eve übernachtet und, wie immer, hatten sie so viel zu bereden gehabt, dass ans Schlafen gar nicht zu denken war.

Die fünfzehnjährigen Mädchen trafen sich in regelmäßigen Abständen, um sich unter sich einen schönen Abend zu machen. Dass darunter auch beinahe die gesamte Nacht fiel, war nebensächlich. Deshalb schliefen sie im Anschluss auch sehr lange. Ja so lange, bis Pauline sie weckte.

Die ganze Nacht hatten sie damit verbracht sich mit Cola und Chips voll zu stopfen und „Tatsachen zusammenzutragen“. Lästern würden sie das, was sie im Grunde taten, nicht nennen, aber eigentlich war es nichts anderes, nur, dass es eben für immer und ewig unter ihnen blieb. Überhaupt war ihre Freundschaft einzigartig.

Obwohl oder gerade deshalb, weil alle drei von Grund auf verschieden waren, funktionierte diese Dreiecksbeziehung wider Erwarten einwandfrei. Streit gab es nie, obgleich es wegen ihrer Verschiedenheit häufig zu unterschiedlichen Meinungen kam, aber auf fast mystische Weise gelang es den Dreien immer wieder sich zu arrangieren. Sollte es doch einmal hart auf hart kommen, schlichtete der Dritte eben den Streit, indem er beide Trotzköpfe zur Ordnung rief und in die Realität zurückholte.

„Get-ill-Party!", rief Pauline plötzlich aus. Ihre Freundinnen, die noch völlig verschlafen waren, begriffen anfangs nicht, was sie meinte, doch dann mussten sie lachen. Hierzu muss man erwähnen, dass die Mädchen, verrückt wie sie waren, jeder ihrer Übernachtungspartys einen Kosenamen gaben. Diese sollte nun „Get-ill- Party" heißen, weil alle drei krank waren oder es bald werden würden. April hatte Halsschmerzen, Pauline war seit fast einer Woche erkältet und Eve würde es wohl auch bald sein.

Das war der Nachteil bei den Dreien. Immer, wenn eine krank war, wurden nach und nach auch die anderen beiden krank. Denn sie konnten es sich einfach nicht verkneifen, sich einfach alles zu teilen.

Eve grummelte und streckte sich. Sie hätte kein Problem damit gehabt noch Stunden weiter zu schlafen. Aber bei solchen Freunden ging das nun einmal nicht. Doch das war es ihr wert. Sie musste schmunzeln.

Nun schaltete sich auch die sonst recht wortkarge April ein: „Na was meinst du Pauline, sollen wir Eve erzählen, was sie uns diesmal wieder im Schlaf mitgeteilt hat?". Pauline grinste. „Was? Hab ich schon wieder was gesagt? Nein, ich hab nichts gesagt!", regte sich Eve auf. Schon letztes Mal wollten ihr ihre Freunde weismachen, sie hätte im Schlaf gesprochen.

Pauline grinste noch immer, während April fröhlich zu einer Erklärung ansetzte: „Und ob! Mitten in der Nacht hast du plötzlich gesagt: Wo? Eine 30 Meter große Karotte?".

Eve fluchte, sie hatte nämlich tatsächlich von einer riesigen Karotte geträumt. Das war ihr mehr als peinlich! Warum musste ausgerechnet sie im Schlaf sprechen? Als ihre Freunde Eves zerknirschtes Gesicht sahen, brachen sie in Gelächter aus.

Da lagen sie alle auf ihren Matratzen und kugelten sich vor Lachen. Obwohl es mittlerweile fast vierzehn Uhr war, hatten die Drei keine Lust sich anzuziehen.
Sie wussten, dass sie aussehen mussten wie Wasserleichen, blass, mit ihren dunklen Augenringen und ungekämmt, aber untereinender machte es ihnen nichts aus.
Selbst der besonders eitlen Eve machte es unter ihren besten Freunden nichts aus. Doch wenn irgendjemand sonst sie so gesehen hätte, hätte sie sich wahrscheinlich wie Rumpelstilzchen einfach entzwei gerissen! Sie brachte noch nicht einmal den Müll raus, wenn sie nicht topgestylt war.
Dieses Phänomen belustigte Pauline und April, denen solche Dinge nicht halb so sehr am Herzen lagen wie ihr und sie machten sich oft genug darüber lustig.

2

Während sie faul und erschöpft nebeneinander lagen und durch die schrägen Dachfenster in den bewölkten Himmel schauten, wurden ihre Gespräche immer tiefsinniger und ernster. Diesen Punkt erreichten sie jedes Mal. Irgendwann ging es um Gott, die Welt und den Sinn des Lebens.
Das Lustige daran war, dass Eve, die den schönen Seiten des Lebens zugewandt war, solche trübsinnigen Themen überhaupt nicht vertrug. Sie machten ihr Angst.
Während sie sich also wand wie ein Regenwurm in Nöten, philosophierten Pauline und April gelassen weiter.
Sie hielten es nämlich für wichtig, dass auch Eve einsah, dass es mehr im Leben gab als Logik und Ästhetik.

Tatsächlich war Eve in dem Sinne sehr bodenständig. Sie glaubte schlichtweg an gar nichts!
Plötzlich riss Pauline die Anderen aus ihren Gedanken: „Leute! Ich spüre in meiner Brust ein Stechen! Oh Gott, da ist es wieder! Ich glaube ich kriege einen Herzinfarkt!", rief sie panisch.
Ungerührt erwiderte Eve: „Versprich bitte nichts, was du nicht halten kannst. Du liegst nämlich nur auf einer Coladose, mein Todesengel!". Pauline rollte sich zur Seite und musste feststellen, dass Eve wieder einmal Recht hatte. Beleidigt kickte sie die Dose weg.
April konnte sich währenddessen kaum halten vor Lachen. Wenn es um ungewollten Humor ging, waren Pauline und Eve auf eine seltsame Weise einfach unschlagbar. April schüttelte den Kopf.
Obwohl Pauline und Eve so ganz und gar nicht normal waren, waren sie wohl die besten Freunde , die sie je hatte. Sie spürte, dass sie zu ihnen gehörte.
Nachdem sich alle wieder beruhigt hatten und sich wieder eine bequeme Lage gesucht hatten, sagte April: „Das hier erinnert mich total an früher, da lag ich auch immer so in meinem Zimmer, es war dunkel und ich hörte dem Wind draußen zu. Na ja und dann ging meine Fantasie mit mir durch!". April gluckste. „Ich hab mich immer vor dem Schwarzen Mann gefürchtet!". Ihre Freundinnen lächelten. Pauline wurde aber sogleich wieder ernst. Sie dachte nach und schüttelte den Kopf: „Nee, mit dem Schwarzen Mann hatte ich es noch nie so!".
Das war eigentlich verwunderlich, da Pauline auch heute noch vor allen möglichen Dingen Angst hatte. Man könnte förmlich sagen, sie erschreckte sich vor ihrem eigenen Schatten!
Gut, Eve brauchte man gar nicht erst nach ihren Erfahrungen mit dem Schwarzen Mann zu fragen, denn sie glaubte sowieso nicht an solche Dinge.

„Aber wisst ihr, was mich schon immer und bis heute beschäftigt hat?". Schweigen. „Na was denn, nun sag schon!", riefen beide gleichzeitig voller Ungeduld. „Cola und Chips", rief April triumphierend.
Noch eine Marotte unter den drei Freunden: immer, wenn mindestens zwei von ihnen das Gleiche dachten oder sagten, dann mussten sie so schnell wie möglich „Cola und Chips!" rufen.
Pauline konnte jedes Mal nur den Kopf darüber schütteln. Sie fand diese Sitte einfach nur blöde, aber wahrscheinlich kam das daher, dass sie nie schnell genug war, um das Spielchen zu gewinnen.
Schließlich sagte Pauline: „Nun ja, das Monster unter dem Bett!". April und Eve prusteten los: „Was bitte?! Da glaubst du doch nicht tatsächlich dran?!", fragte Eve. Als Pauline rot anlief, war klar, dass sie sehr wohl ernsthaft daran glaubte. Dann sagte sie stockend: „Aber habt ihr euch noch nie überlegt, was wirklich unter euren Betten ist? Was dort abgeht, wenn ihr schlaft? Ich meine, findet ihr es nicht auch sonderbar, dass alle Sachen die verloren gehen, unter dem Bett verschwinden und nie wieder auftauchen? Wo sollten die denn sonst hin sein?".
Pauline war es auf suspekte Weise durch und durch ernst mit ihrer Monster-unter-dem-Bett-Theorie. April lenkte nun ein: „Na ja, könnte natürlich was dran sein!". Eve lachte lauthals und schüttelte verständnislos den Kopf: „Also nein, wirklich! Was ihr wieder habt! Unter meinem Bett ist höchstens Staub, aber ganz bestimmt kein Monster! Ihr könnt ja nachschauen!".
April und Pauline schauten Eve entsetzt an, als sei sie gerade von einem anderen Stern heruntergeschwebt und würde ihnen einen Staubsauger verkaufen wollen. „Bist du verrückt! Ich gucke nicht unter das Bett!", rief Pauline erschrocken. „Nee, also drunter schauen traue ich mich auch nicht!" , wandte April schüchtern ein.
Eve konnte es einfach nicht fassen: „Ihr wollt mir tatsächlich sagen, dass ihr noch nie unter eure Betten geschaut habt?". Ihre Freundinnen schüttelten zaghaft und mit großen Augen den Kopf. „Wir gucken jetzt

zusammen drunter und ich sage euch: da ist nichts!", seufzte Eve schließlich.
Als sie die erschrockenen Gesichter der beiden sah, schob sie hinterher: „Himmel, was erwartet ihr? Ein pelziges blaues Monster?". „Mit einem Auge und riesigen Klauen!" spann Pauline weiter. „Und spitzen flauschigen Ohren und ...". Bevor nun auch April ihre Ausführung eines perfekten Unter-dem-Bett-Monsters fortführen konnte, schaltete sich Eve ein: „So ein Quatsch! Ihr guckt viel zu viel fern! Nach euren Beschreibungen könnte man meinen, das wäre die Cindy Crawford unter den Monstern!", sagte Eve verächtlich und zog die beiden anderen zu sich auf den Boden.
Ein magischer Moment verstrich unendlich lange, während die Drei auf dem Boden vor dem Bett knieten. Sie zögerten.
Selbst Eve war mulmig, obgleich sie sich das nicht eingestehen wollte, denn das mit ihrem Glauben war ja bekanntlich so eine Sache! „Auf drei!", rief Eve so energisch, dass jeglicher Widerspruch zwecklos gewesen wäre. „Eins, Zwei, ..., Drei!", zählte sie und zog April und Pauline gewaltsam herunter.
„Seht ihr! Da ist nichts!", rief sie daraufhin zufrieden. Doch gerade, als sie wieder aufstehen wollten schrie April plötzlich: „Igitt, was ist denn das!".
Sie zeigte auf einen großen, undefinierbaren, blauen Flusen. „Das Monster!", schrie Pauline panisch. „Quatsch!", sagte Eve genervt und beugte sich vor, um danach zu greifen, doch plötzlich geschah etwas schier unglaubliches und selbst jetzt fällt es mir schwer davon zu berichten.
Plötzlich entstand unter dem Bett ein immer stärker werdender Sog. Wie ein riesiger Staubsauger zog er Eve, Pauline und April unter das Bett. Sie schrieen. Alles begann sich zu drehen und zu drehen und zu drehen. Wie in einem Wirbelsturm saßen die Drei darin fest.

3

Etwa eine Stunde später kamen sie wieder zu sich. Nachdem sie sich vergewissert hatten, dass alle unverletzt waren, schauten sie sich um. Der Sturm war weg. Doch ebenso das gesamte Zimmer mit dem Bett! Sie schienen an einem ganz anderen, fremden Ort zu sein. Der Sturm musste sie dorthin gebracht haben.
„Moment mal, nur damit ich das richtig verstehe! Unter Eves Bett ist ein Tornado, der einen in eine andere Welt bringt?", fragte Pauline vorsichtig. Als niemand ihr antwortete, beschrieb sie ihre ganzen Gefühle des Augenblicks mit einem einzigen Wort: „Cool!", sagte sie nur.
Plötzlich schrie Eve laut auf: „Guckt mal!", stammelte sie schließlich und zeigte auf dem Boden. Sie hatte festgestellt, dass sie auf einer gigantisch großen umgekippten Tasse saßen. Schnell sprangen die Drei herunter.
Nun standen sie auf staubigem Torf und betrachteten die Riesentasse. „Wow!", brachte April hervor. „Cola und Chips!", erwiderte Eve, da sie das Gleiche gedacht hatte. Nur Pauline schwieg wieder einmal.
„Wo, ich meine was... oder wo sind wir hier eigentlich?", stammelte Eve, deren Gehirn auf Hochtouren arbeitete, endlich.
Paulines Augen wurden immer größer, als sie nach einer majestätischen und unheilverheißenden Pause tonlos sagte: „Wir sind im Reich der verlorenen Dinge!". „Was?", fragte Eve entgeistert.
April setzte bereitwillig zu einer Übersetzung an: „Also, das Reich der verlorenen Dinge ist der Ort, an den alle Sachen kommen, die irgendwann verloren gegangen sind! Glaubst du immer noch an gar nichts?". „So ein Quatsch!", schnaubte Eve wütend „Willst du mir etwa sagen, dass wir uns unter meinem Bett befinden!? Und gleich kommt wohl das Monster oder wie?".

Kaum hatte sie diesen Satz ausgesprochen, quietschte plötzlich eine Stimme hinter ihr: „Hey! Stuff! Fratz! Fidebum!". Gleichzeitig fuhren die Drei herum und schrieen so laut, dass die Erde erzitterte.

Vor ihnen stand eine kleine, blaue, pelzige Gestalt mit ganz großen Augen! „Das Monster!!!", schoss es Pauline durch den Kopf.

Auf einmal begann Eve kurioserweise zu lachen. Während die beiden anderen sie verwirrt anstarrten, wandte sie sich an das Monster und sagte: „Na, du bist ja ein mickriges Monster! Was willst du hier? Bring uns hier weg!".

Während Eve mit dem kleinen blauen Wesen schimpfte, sah Pauline, dass das Monster begann zu weinen. Dicke regenbogenfarbene Tränen rollten aus seinen Augen. Eve hatte sich wohl wieder einmal etwas im Ton vergriffen. Das passierte ihr oft, wenn sie aufgebracht war.

April und Pauline machte das meistens nichts aus, aber nicht jeder konnte damit so gut umgehen, und das Monster konnte es offensichtlich nicht.

„Hey, hör auf! Siehst du nicht, dass es weint! Unsere böse Eve macht sogar dem Monster unter dem Bett Angst!", rief Pauline verärgert und riss Eve von dem Wesen weg.

Dann beugte sie sich vor und begann sanft mit dem kleinen Monster zu reden: „Hallo! Nicht weinen! Wir tun dir doch nichts. Wie heißt du denn kleiner Freund?". Das Monster schaute Pauline mit großen, feuchten Augen an „Ich Sniff, willkommen im Reich der verlorenen Dinge! Ihr meine Freunde?".

Pauline nickte instinktiv, sie hätte ja nicht ahnen können, was das in dem kleinen, so abscheulichen Sniff bewirkte. Sniff brach wieder in Tränen aus, diesmal vor Glück und Rührung und umklammerte Paulines Bein. Obwohl Pauline angewidert war, war sie auch irgendwie betroffen und stolz, denn wie oft hatte man schon ein Monster aus einer anderen Welt, vor dem alle Kinder Angst hatten, am Bein hängen?

„Sniff, wie kommen wir wieder nach Hause?", fragte Pauline endlich, als Sniff sie losgelassen hatte. „Sniff nicht helfen kann! Meister kann vielleicht helfen.", rief Sniff schrill vor Begeisterung und hopste los.

4

Die drei beschlossen dem Wesen zu folgen, da das wahrscheinlich ihre einzige klägliche Chance war möglichst schnell wieder nach Hause zu gelangen. Unterwegs staunten sie viel.

Sie folgten dem Torfpfad und betrachteten rechts und links des Weges die vielen Gegenstände. „Da guckt mal!", rief April und zeigte auf ein überdimensionales vergilbtes Buch am Wegrand. Sie kletterte auf dem Buchdeckel und las: „Pippi Langstrumpf, von Astrid Lindgren! Signierte Sonderaugabe!".

Nur eines der faszinierenden verlorenen Dinge, denen sie unterwegs begegneten. Sie kamen vorbei an Stiften, Zeitungen, Murmeln, Knöpfen, Geld und vielen anderen Dingen.

Doch auf einmal blieb Sniff, der die ganze Zeit über in einem Sicherheitsabstand vor ihnen hergehopst ist, schlagartig stehen. „Ulmholmgrotten!", rief Sniff ehrfurchtsvoll.

Die drei schauten sich verwirrt um. Sie konnten nicht Besonderes erkennen. Ganz im Gegenteil, der Weg schien ewig so weiterzugehen wie bisher. Aber Sniff weigerte sich strickt noch einen Schritt weiterzugehen.

„Guck!", sagte er und warf eine Klaue voll Torf vor sich auf den Boden. Die Mädchen sprangen erschrocken zurück, als die Erde plötzlich zu beben begann und sich der Boden direkt vor ihnen mit lauten Grollen plötzlich auftat. Vor ihnen war nun plötzlich nicht mehr der Torfweg,

sondern eine dunkle Schlucht. Am Horizont sah man die dunklen Umrisse eines grotesken schwarzen Schlosses.
Sniff zitterte. „Meister!“, stotterte er.
Dann schaute, dass liebenswerte Monster in den Abgrund, quietschte und verschwand erschrocken mit einem großen Sprung hinter einen bunten Riesenjojo. Bevor die Drei schalten konnten, was passiert war, war Sniff weg.
„Schön! Super! Du hattest schon immer komische Freunde!“, brummte Eve Pauline zu. Empört schnappte diese nach Luft. Doch bevor sie etwas erwidern konnte lenkte April ein: „Also, ich glaube wir müssen irgendwie da hinten hin, zu dem Schloss, zu diesem dubiosen Meister, wenn wir wieder Heim wollen!“.
Eve lachte: „Nein! Wie stellst du dir das vor? Und überhaupt Pauline ist an allem Schuld! Sie soll sich was ausdenken! Ich habe Besseres zu tun als in irgendeinem dunklen Reich irgendwelche dunkle Meister zu besuchen.“.
Pauline platzte der Kragen: „Also wirklich! Warum bin ich wieder Schuld! Wer ist denn der ungläubige Scharlatan unter uns?“. Ihre Augen funkelten angriffslustig. Doch so leicht konnte man die draufgängerische Eve nicht schlagen: „Wer wollte denn unbedingt unter meinem Bett Monster suchen?“.
Jetzt schaltete sich April ein: „Streitet euch nicht! Wir sollten so schnell wie möglich hier wegkommen. Um zwanzig Uhr spielt Manchester United gegen Arsenal London! Das muss ich sehen!“
Dieses etwas seltsame Argument wirkte, denn Eve und Pauline wussten, dass Manchester United etwas war, was April auf gar keinen Fall verpassen durfte, wenn doch, stand wohl die Apokalypse leibhaftig vor der Tür! „Wisst ihr, ich möchte euch ja nicht beunruhigen, aber es wird einen Grund geben, warum Sniff uns so panisch verlassen hat!“, sagte Pauline um zur „Realität“ zurückzukommen.
Die beiden anderen nickten bedächtig. Da waren sie sich alle einig.

Von diesem Augenblick an sollte der Begriff „Pantoffelhelden“ eine ganz besondere Bedeutung bekommen. Wie die drei Mädchen dort am Abgrund standen, immer noch in Schlafanzügen, ungekämmt und mit Augenringen.

Es war tatsächlich eine „monströse“ und anstrengende Party diesmal und sie würden sie wohl umtaufen müssen.

„Und jetzt?“, fragte Eve. „Wir sind doch hier in einer anderen Welt! Dann können wir vielleicht auch fliegen!“, schlussfolgerte Pauline begeistert. Doch gerade, als sie sich einfach in die Schlucht stürzen wollte, hielt April sie zurück und schlug ihr mit aller Kraft ein Streichholz in der Größe eines Besens auf den Kopf.

Als Pauline vor Schmerz aufschrie und April anschreien wollte, sagte diese schnell beschwichtigend: „Na, na! Ist ja gut. Entschuldigung, aber nach deiner Denkweise dürftest du auch keine Schmerzen verspüren!“.

Das leuchtete Pauline irgendwie ein, auch, wenn sie nicht zugeben wollte, dass April ihr wahrscheinlich das Leben gerettet hatte. Eve schüttelte den Kopf und fühlte sich einmal mehr als das einzige intelligente Wesen weit und breit.

5

„Einen Moment! Ich habe da so eine Theorie!“, sagte April schließlich und verschwand hinter einem Federball. Kurze Zeit später kam sie wieder.

Mühsam zog sie ein großes weißes Blatt Papier hinter sich her. „Los, jetzt helft mir schon!“, rief sie. Bald lag das Blatt vor ihnen auf dem Weg.

Aprils Idee eine Schwalbe aus dem Papier zu basteln und damit zu fliegen, fand einstimmige Zustimmung bei allen und sie machten sich an die Arbeit.

Es machte ihnen sogar großen Spaß und sie hätten beinahe vergessen, wozu sie die Schwalbe brauchen würden und was sie noch vor sich hatten. Während Pauline die Knickstelle des rechten Flügels immer wieder auf und ab lief, um den Knick möglichst fest zu prägen, lagen April und Eve auf dem anderen Knick, damit er nicht wieder zurückschnellte. Nach einer Weile hatten sie sogar eine recht ansehnliche Schwalbe geschaffen.

Nun wurde es ernst. Sie knobelten aus, wer die Schwalbe den Abgrund runterschubsen musste und natürlich verlor Pauline.

Pauline hatte kein Glück im Spiel, sie hatte noch nie etwas gewonnen und jede noch so dämliche Wette verlor sie prompt. Das Ungerechte war nur, dass sie auch kein besonderes Glück in der Liebe verzeichnen konnte, wie es eigentlich sein sollte, aber sie lebte nun einmal nicht in einem Märchen, obwohl die Grenzen, wie wir hier sehen, dicht beieinander liegen können.

April und Eve setzten sich in die Schwalbe und hielten sich fest. Mit aller Kraft schob Pauline die Schwalbe an und schaffte es im letzten Moment gerade noch mit vereinten Kräften aufzuspringen. Es wurde ein rasanter Flug. Die Drei kreischten. Paulines Herz machte vor lauter Aufregung und Angst einen Hopser.

6

Ihre Landung hätte zwar etwas bequemer ausfallen können, aber ansonsten war doch alles ganz gut verlaufen. Sie waren in einem Schuh gelandet.

Nachdem sie dort herausgekrabbelt waren, schauten sie sich abermals um. Das Schloss war nun schon deutlich sichtbar, wenn auch noch weit entfernt. Es sah noch bedrohlicher aus als zuvor, was die Drei nicht gerade motivierte, aber jetzt, wo sie schon einmal in ein Abenteuer reingeschlittert waren, mussten sie die Sache zu Ende bringen; zu einem hoffentlich guten Ende.

Plötzlich erzitterte der Boden unter ihren Füßen, Geräusche ertönten - scheußliche Geräusche. Es hörte sich ganz so an, als würde eine ganze Elefantenherde auf sie zustürmen. Als eine große Staubwolke hinter ihnen auftauchte, kletterten sie auf einen großen Teddybär, um eine bessere Aussicht zu haben.

Pauline war zuerst oben und schaute in die Ferne: „Küchenschaben, wenn ihr mich fragt!", sagte sie trocken. „Was?", fragte Eve ungläubig, schubste Pauline zur Seite und schaute selbst. „Tatsächlich! Eine ganze Menge sehr großer Küchenschaben! Ich glaube, ich sollte öfter mal Staub saugen.". Mit Ekel dachte sie daran, dass sie ja in gewisser Weise immer noch unter ihrem Bett waren.

„Wir müssen uns etwas einfallen lassen! Sie kommen schnell näher! Die dürften selbst für Eve schwer zu zermatschen sein!", sagte April. „Ich habe eine Idee!", brüllte Pauline. Die beiden anderen schauten sie neugierig an. „Wir geben ihnen Eve zu fressen und hauen in der Zeit ab!", sagte sie. Sie stritten kurz herum, bis klar wurde , dass ein neuer Vorschlag her musste.

Schuldbewusst dachte Pauline ernsthaft nach. Dann sagte sie: „Ich habe wieder eine Idee!".

Als niemand reagierte, da ihre Ideen oftmals etwas, nun ja, seltsam waren, rutschte sie von dem Teddy herunter und lief zu einer großen verlorengegangenen Taschenlampe.

Mit ganzer Kraft schlug sie mit Hilfe von einem Puppenbein ein Loch hinein und riss mit einem Ruck drei stabile Kabel heraus, so dass die Funken sprühten. Dann rannte sie wieder zu dem Teddy und kletterte hinauf.

Die Geräusche waren inzwischen lauter geworden. Die Schaben kamen immer näher. Nun waren April und Eve schon interessierter an Paulines Idee.

Plötzlich begriff Eve was Pauline vor hatte und stammelte entsetzt: „Nein! Nein! Auf gar keinen Fall werden wir auf Schaben zum Schloss reiten!".

So abstoßend die Vorstellung auch war, April leuchtete ein, dass es die einzige sinnvolle Lösung war, die sie hatten und die Zeit drängte. Eve blieb also nichts anderes übrig als sich zu beugen.

Bald waren die Schaben da, es waren an die zehn Stück. Sie waren mittelgroß. Jeder sollte sich also eine schnappen und ihr von dem Teddy aus das Kabel überwerfen. Eiskalt lief es Eve den Rücken herunter, als sie die schwarz-glänzenden Tiere mit ihren scharfen Klauen sah. Sie würde diesen Ritt nie überwinden. „Eins, zwei und drei!" brüllten April und Pauline zusammen und sprangen. Nach kurzem Zögern und mit leidvollen Gesicht tat Eve es ihnen nach.

Die Schaben surrten wütend, als sie ihnen das Zaumzeug anlegten. Wider Erwarten funktionierte das ganze Unternehmen relativ gut. Sie kamen sogar schnell voran.

Die letzten Meter legten sie einen Spurt hin. Aprils Schabe gewann mit erheblichem Vorsprung.

Nur Eve hatte so ihre Schwierigkeiten mit dem Ungeziefer. Ihre Schabe drehte sich ständig im Kreis oder wollte überhaupt nicht laufen, aber nach einigen Strapazen hatte auch sie es geschafft. Dieses Unternehmen hatte zwar ihren Hass auf jegliche Insekten geschürt, aber immerhin standen sie jetzt vor dem Schloss.

Pauline war zufrieden, es war schließlich ihr Vorschlag gewesen, mit dem sie es bis hierher geschafft hatten. Mit einem Lächeln klopfte sie sich selbst die Schulter und sagte stolz „Gut gemacht, Pauline. Du bist ein Genie!". Ihre Freundinnen fanden dieses Verhalten natürlich peinlich und traurig zugleich, aber sie sahen ein, dass sie nichts dagegen tun konnten.

7

„Und jetzt?", fragte April „Ich meine, sollen wir einfach anklopfen und sagen: Hallo du schreckliches finsteres Wesen, wo ist hier der Ausgang?". Eve rief erschrocken: „Auf gar keinen Fall! Guckt euch an, wie ich aussehe! Ich kann doch nicht so unter Menschen, Monster, Meister oder irgendwelchen anderen Kreaturen gehen!".

Doch die Entscheidung wurde ihnen abgenommen. Mit einem Grollen öffnete sich das Portal und die Drei traten mit einem sehr unguten Gefühl ein. Kaum waren sie drin, schloss sich die Tür schwer und es blitzte.

Pauline kreischte. Eve fuhr sie an ruhig zu sein, aber auch sie hatte große Angst, doch das wollte sie nicht zeigen, denn wenn die Anderen sahen, dass selbst sie Angst hatte, waren sie verloren, im wahrsten Sinne des Wortes.

Zusammengedrängt gingen sie vorsichtig die Treppe hoch. Es war wie in einem alten Draculafilm. Bald kamen sie in eine große Halle. Am Ende der Halle waren Kerzen und ein großer dunkler Thron, der von ihnen weggedreht war.

Sie schluckten alle drei gleichzeitig und, wären sie nicht in solch einer Ausnahmesituation gewesen, hätte man wohl schon längst den eifrigen Aufschrei: „Cola und Chips!" gehört. Aber jetzt war es etwas anderes.

Plötzlich ertönte eine raue, beängstigend ruhige Stimme vom Thron aus: „Willkommen in meinem Reich! Es geschieht selten, dass ich Besuch kriege!". Die Stimme lachte hölzern. Eve dachte daran zu erklären, woran das wohl lag, aber dann hielt sie sich ausnahmsweise doch zurück.

Mit einem Ruck drehte sich der Thron und was sie dort sahen ließ ihnen, vor allem April, das Blut in den Adern gefrieren. In dem Thron saß ein schwarzer Schatten.

„Der Schwarze Mann!", wisperte April schockiert. „Ja, so nennt man mich. Aber ich denke ihr jungen, hochmodernen Leute glaubt nicht an mich?", sagte der Schatten.

Plötzlich rief Eve mit fester Stimme: „Tun wir auch nicht! Und wir haben auch keine Angst vor dir!". „So, so!", sagte der Schatten amüsiert. Pauline wollte etwas sagen, doch der Schatten unterbrach sie: „Ich weiß, ihr wollt nach Hause!". Die Drei schauten ihn erwartungsvoll an, nur in Eves Blick war etwas Provozierendes.

„Nun, so einfach kann ich euch nicht gehen lassen, aber das liegt im Grunde an euch. Rechts von euch stehen zwölf Spiegel, in jedem von ihnen seht ihr euch anders! Doch nur durch einen kommt ihr wieder nach Hause. Bitte schaut sie euch nur an! Ihr habt nur eine Wahl!", sagte der Schatten.

8

Die Drei kamen sich bald tatsächlich vor wie im Spiegelkabinett, doch welcher Spiegel war der richtige Spiegel?

„Denkt dran, ihr habt nur eine Wahl. Der Schein trügt oft, doch das wahre Ich muss man erkennen.", sagte der Schatten geheimnisvoll. Eve war hin und her gerissen, denn sie liebte Spiegel.

Da rief Pauline plötzlich: „Ich weiß es! Es ist dieser! Ich bin mir sicher!". Pauline stand vor einem morschen, alten Spiegel, der auf den ersten Blick keinerlei Verzerrungen zeigte. Pauline klärte die Anderen stolz auf:

„Alle anderen Spiegel verzerren und zeigen nicht das wahre Ich! Dieser hier, zeigt einen im Original, das Spiegelbild ist nicht einmal spiegelverkehrt!".

Es fiel den Anderen wie Schuppen von den Augen! Sie könnte tatsächlich Recht haben! Der Schatten lächelte.

Sie stellten sich hintereinander auf: Pauline ganz vorne, dann April und zuletzt Eve. Sie wollten nacheinander hindurch gehen. Pauline atmete tief ein, sie wusste, dass sie „verloren" waren, wenn sie sich geirrt hatte, aber sie musste es wagen.

Sie schloss die Augen und sprang durch den Spiegel. April folgte ihr.

Nun war Eve allein. Sie drehte sich noch einmal um und schaute den Schattenmann an.

Er sagte: „Geh schon kleine Eve. Ich weiß, dass du mich kennst, deinen Freunden kannst du etwas vormachen, mir nicht. Wir sehen uns wieder!".

Seine letzten Worte hörte Eve schon nicht mehr, sie war mit Tränen in den Augen in den Spiegel gesprungen. Wieder war dort der Wirbelsturm.

9

Als sie wieder zu sich kamen, lagen sie in Eves Zimmer auf den Matratzen.

April sagte nach einer Weile, die vom Schweigen erfüllt war: „Na, Eve glaubst du jetzt?". „Quatsch!", sagte Eve aggressiv. Dabei beließen sie das Thema vorerst und für eine lange Zeit.

April ging nach Hause und guckte ihr Fußballspiel.

Die Welt war wieder in Ordnung, vorerst ...

Auszüge aus Judys Tagebuch:

1

(...) Ich kann mich noch gut daran erinnern, wie es früher war. Damals, ich war etwa fünfzehn Jahre alt, lebte ich mit meiner Mutter und meinem kleinen Bruder in Hamburg.
Zu dieser Zeit begann es die Sache mit meinem Vater. Er war Wissenschaftler und ein begnadeter Erfinder, müsst ihr wissen.
Das ganze Unheil begann eigentlich mit seiner Expedition nach Südamerika. Ja, das war es gewesen. Nachdem er von dort zurückgekehrt war, wurde er immer, nun ja... seltsamer. Erzählt hatte er uns von dieser Expedition eigentlich nie wirklich etwas, denn das sei, so sagte er, ein Berufsgeheimnis. Das respektierten wir.
Doch während er uns früher immer mit seinen neusten Erfindungen erfreute und wir immer alle viel Spaß miteinander hatten, kapselte er sich allmählich mehr und mehr von uns ab. Seine Freunde, die er sonst immer sehr in sein Leben einbezogen hatte, indem er regelmäßig etwas mit ihnen unternahm, traf er kaum noch. Auch zum Tennis ging er bald nicht mehr. Er saß immer nur in seinem Arbeitszimmer; den ganzen Tag und vermutlich auch die ganze Nacht.
Am Ende sahen wir ihn sogar tagelang nicht aus seinem Zimmer kommen und hinein durften wir nicht. Er wolle auf gar keinen Fall gestört werden, hieß es. Selbst meine Mutter durfte das Zimmer nach einer Weile nicht mehr betreten! Es war ihr deutlich anzumerken, dass sie tief erschüttert und auch wütend war darüber, obwohl sie uns Kindern gegenüber immer vorgab, es mache ihr nichts aus und Vater hätte bald wieder mehr Zeit für uns. Doch dazu sollte es nicht mehr kommen.

Er verließ das Zimmer nur selten und wenn doch, dann schloss er es jedes Mal sorgfältig ab.
Einmal spielte mein kleiner Bruder mit seinen Autos vor der Tür des Arbeitszimmers, als mein Vater nach Hause kam. Als er Josh, meinen Bruder, dort erblickte, rastete er völlig aus! Es gab eine furchtbare Szene: Er schrie Josh an, was ihm einfiele ihm nachzuspionieren und er solle seinem Zimmer fernbleiben, sonst würde er schon sehen! Der arme Josh saß mit immer größer werdenden Augen, in der Bewegung erstarrt, vor ihm und blickte stumm zu ihm hinauf. Bald brach er in Tränen aus.
Da kam auch schon meine Mutter hinzu und schickte mich, die ich immer noch an den Türrahmen gedrängt stand und das Szenario anstarrte, als würden bald Sprechblasen mit Antworten vor mir auftauchen und meinen Bruder nach oben. Josh hatte sich schnell beruhigt und spielte nun in unserem Zimmer mit seinen Autos, als wäre nichts gewesen.
Doch ich konnte das Geschehene nicht so einfach vergessen! Es hatte mich zutiefst schockiert! Ich wusste, dass etwas mit meinem Vater nicht stimmte. Ich wusste auch, dass etwas sich zum Negativen hin veränderte und ich spürte deutlich, schmerzhaft deutlich, dass es nicht mehr so war wie früher, dass wir irgendwie keine Familie mehr waren.
Aber all das war mir bis dahin eigentlich nebensächlich und oberflächlich erschienen. Dieses Ereignis erst, es war so etwas, wie der entscheidende Punkt, bewirkte eine ganze Menge sowohl in mir als auch überhaupt. Denn noch nie hatte mein Vater einen von uns so angeschrieen, auch nicht, als er schon etwas seltsam war.
Bis tief in die Nacht hinein hörte ich, wie meine Eltern zum aller ersten Mal heftig stritten. Das traf mich schwer.

2

Am nächsten Morgen begann eine entsetzliche Zeit. Nichts erinnerte mehr an die harmonische Familie von damals.
Mein Vater war noch stiller und verließ sein Zimmer, nur noch um irgendwelche riesigen Kartons heranzuschaffen. Obgleich wir uns jedes Mal fragten, was dort drin sein könnte, und durch unsere Neugier zu zerreißen gespannt waren, wagten wir uns nicht ihn danach zu fragen. Nicht nach jenem Tag.
Heute bezweifle ich allerdings auch, dass er irgendwie auf unsere Fragen geantwortet hätte. Er sprach nicht mit uns, sah uns nicht einmal mehr an. Ich war hilflos. Ich musste mit ansehen, wie es immer schlimmer und schlimmer wurde und konnte nichts dagegen tun.
Ich konnte nicht einmal mit jemandem darüber reden, denn ich spürte, dass dies ein Tabuthema war und es nicht gut wäre mit Leuten außerhalb unserer Familie darüber zu sprechen. Mein Bruder war einfach noch zu jung und mit meiner Mutter konnte ich wirklich nicht sprechen.
Seit der Sache mit Josh und dem nächtlichen Streit war sie völlig verändert. Es war im Grunde nichts fassbares, was sich bei ihr so verändert hatte, bei ihr lag es tiefer. Obwohl sie viel lachte und sich gut um uns kümmerte und alles eigentlich so weiterlief wie bisher, war auch ihr Zustand für mich mehr als beängstigend.
Denn alles, was sie von nun an tat, war irgendwie künstlich. Sie war übertrieben nett zu uns, nahm ihre Pflichten als Mutter mit überzogener Sorgfalt wahr.
Doch das Erschreckendeste in meinen Augen war, dass sie so tat, als gäbe es meinen Vater gar nicht! Sie ignorierte ihn völlig. Sie tat so, als gäbe es das Zimmer nicht und ihn darin auch nicht, ansonsten ging das Leben weiter. Wenn mein Vater doch einmal sein Zimmer verließ und meine Mutter antraf, gingen beide einfach aneinender vorbei, als würden

sie sich gar nicht sehen. Bei meinem Vater mochte das tatsächlich zutreffen, dass er überhaupt nichts mehr sah, doch meine Mutter hatte mit dieser Situation zu kämpfen.
In solchen Momenten versteinerte ihr sonst so fröhliches und lebenslustiges Gesicht und sie sah plötzlich sehr alt aus.

3

An einem wunderschönen Augusttag reichte meine Mutter die Scheidung ein.
Es machte mir nichts aus. Es kam mir so unwirklich vor. Scheidung. Das war etwas alltägliches. Die Eltern meiner besten Freundin Liane waren seit zwei Jahren geschieden. So etwas passierte eben. Aber nicht mir! Es kam mir so vor, als würde ich vor dem Fernseher sitzen und mein Leben als Soap sehen. Doch danach würde ich nicht lachen und mich auf die nächste Folge freuen oder mich wieder meinem, Gott sei Dank, normalen und geregelten Leben widmen können!
Das hier war mein wirkliches Leben! Aber das war mir nicht klar. Irgendwie wartete ich doch gespannt auf die nächste Folge.
Einen Monat später zog mein Vater bei uns aus. Er zog in ein Apartment. Ganz allein schleppte er massenhaft Kisten aus seinem Zimmer und brachte sie in sein neues Zuhause oder besser gesagt Arbeitszimmer.
Aus seinem ehemaligen Arbeitszimmer wurde ein Abstellraum, obwohl wir eigentlich keinen gebraucht hätten. Irgendwie schien sich nichts verändert zu haben. Die Stimmung schien sogar viel entspannter. Doch niemand ging gern an dem Arbeitszimmer, der jetzigen Abstellkammer vorbei. Meine Mutter war die einzige, die es je betrat.

Besuchen durften wir unseren Vater nicht, aber, mir zumindest, war das ganz recht. Es war ein guter Vorwand es nicht zu tun, denn ich wollte gar nicht zu ihm, irgendwie hatte ich Angst.

4

So verging das Jahr. An Ostern lasen wir in der Zeitung:

„Hamburg. Verrückter Wissenschaftler randaliert in Apartment!
Der Wissenschaftler R. Harding ging am Samstag auf seine Putzfrau los, als diese versuchte die Türklinke zu seinem Arbeitszimmer zu putzen. Daraufhin zerschlug er seine gesamte Einrichtung, abgesehen von dem besagten Arbeitszimmer. Andere Mieter riefen die Polizei. Der Mann sitzt zur Zeit in Untersuchungshaft. „

Ich war entsetzt, ich wollte ihm helfen, denn er war immer noch mein Vater und ich hatte doch so viele gute Erinnerungen an ihn, an damals. „Mama, schau...!", sagte ich zu meiner Mutter und deutete auf die Zeitung. Doch meine Mutter las den Artikel und verbrannte ihn. Danach ging sie stundenlang weg.
Als sie wiederkam, war sie wieder überzogen freundlich zu uns. Sie kochte uns Schokoladenpudding. Über den Artikel oder Vater verlor sie kein Wort und ich fragte nicht.
Am nächsten Tag kaufte ich mir heimlich eine Zeitung. Ich schloss mich in meinem Zimmer ein und las:

„Hamburg. Verrückter Wissenschaftler ein Psychopath!
Wissenschaftler R. Harding wurde in eine Psychiatrie eingewiesen. Der Mann sei geistig krank und leide an schweren Psychosen. Bei einer Hausdurchsuchung, bei der Hardings Arbeitszimmer aufgebrochen

wurde, fand man belastende Unterlagen, aus denen hervorgeht, dass Hamburgs Monster an einer atomaren Waffe arbeitete. Laut Expertenbericht könne eine Waffe dieses Ausmaßes das halbe Deutschland zerstören und für lange Zeit unbewohnbar machen!"

Ich konnte es nicht glauben! Mein Vater, ein Killer, Hamburgs Monster! Das war es also, was er in seinem Zimmer so bewacht hatte.
Ich bemerkte gar nicht, dass ich weinte. Nach einer Weile schlief ich ein.

5

Am nächsten Tag kam meine Mutter erst sehr spät nach Hause. Sie betrat nachmittags schweigend die Wohnung, sie lachte nicht. In ihrer Hand hielt sie eine Zeitung. Für einen Augenblick blieb mein Herz stehen.
Ich wusste nicht, was darin stand, aber es musste etwas noch entsetzlicheres sein als am vorherigen Tag. Ich spürte, dass ich dem wahrscheinlich nicht gewachsen war. Trotzdem wollte ich es wissen.
Ich riss meiner Mutter die Zeitung aus der Hand und lief zum Tisch.
Ich musste nicht lange suchen, diesmal war es sogar auf der Titelseite:

„Hamburg. Das Monster, von Mafia benutzt!
R. Harding gestand nach langem Verhör und unter psychologischer Aufsicht, dass seine mörderische Waffe im Auftrag der südamerikanischen Mafia entstanden war. Bei seiner Südamerika-Expedition sei er gekidnappt worden. In seiner Gefangenschaft sei er gezwungen worden bei der Entwicklung der Waffe mitzuwirken. Falls er sich weigere, würde seine Familie für seine Dummheit mit ihrem Leben zahlen müssen. Auf R. Harding wurden Kopfgeldjäger ausgesetzt, die

dafür sorgen sollte, dass er seine Vereinbarung auch einhielt. Die Polizei fahndet ..."

Ich spürte die Hand meiner Mutter auf meiner Schulter. Sie weinte. Zum ersten Mal in meinem Leben sah ich sie weinen! So vergingen Stunden.
Für uns begann ein neues Leben. Ein paar Wochen später saßen wir am Frühstückstisch und meine Mutter legte mit einem Lächeln die Zeitung auf den Tisch!

„Hamburg. Mafia gesprengt dank Hamburgs Monster!
Der südamerikanischen Polizei ist es in einer Razzia gelungen den Mafiaring, in dessen Fänge der Wissenschaftler R. Harding geraten war, zu sprengen. Die Mafia sei in dem illegalen Waffenhandel tätig und habe gute Kontakte zu anderen terroristischen Vereinigungen. Laut Polizeibericht haben die Unterhändler gestanden. Die Sache sei außerdem noch nicht zu Ende. Mit Hilfe der Inhaftierten hofft man ein ganzes Kartell auflaufen zu lassen! Das Monster lebe hoch!"

6

Heute, zehn Jahre danach, lebe ich in einem Vorort Hamburgs. Meine Mutter hat einen Lebensgefährten, der sehr sympathisch ist und ihr sichtlich gut tut.
Wir besuchen meinen Vater gelegentlich und führen einen regen Briefverkehr miteinender.
Er lebt jetzt auf dem Lande und hat sich der Landwirtschaft verschrieben. Er will nie wieder etwas mit der Wissenschaft zu tun haben. Mittlerweile geht es ihm wieder richtig gut.

Nächstes Jahr möchte er seine Freundin Simone heiraten. Wir sind herzlich eingeladen und werden natürlich kommen. Auch meine Mutter freut sich für ihn.
Das einzige, was ihr Sorgen macht, ist, dass Josh, heute sechzehn, unbedingt Wissenschaftler werden möchte. Aber da mache ich mir keine Gedanken, denn sein Zweitwunsch ist Superman.

Also, bis zum nächsten Mal..

In Liebe,

Judy Harding

Nyla Whitestream

1

Also, wie fange ich es am Besten an?
Erst mal: Hi! Ich bin Nyla. Nyla Whitestream. Na ja, dazu muss ich wohl sagen, dass das eigentlich gar nicht mein Name ist. Aber das ist eine lange, komplizierte und seltsame Geschichte, die ich versuchen werde jetzt einigermaßen nachvollziehbar zu erzählen.
Mein eigentlicher, ich meine mein wirklicher Name ist Stella Weiß. Aber das sei zu langweilig und gewöhnlich, sagte man mir damals! Also wurde kurzerhand aus Stella - Nyla und aus Weiß, einfach nur Weiß, wurde Whitestream. Das sei modern, das wollten die Leute!
Jetzt weiß ich sogar, dass das mehr Richtigkeit hat, als ich jemals gedacht hätte! Die Leute wollten nicht mich! Sie mochten mich nicht einmal, kannten mich nicht!
Sie wollten die Modererscheinung: Nyla Whitestream, allein den Namen.
Wie alles anfing? Das kann ich so einfach überhaupt nicht mehr beantworten, es ist so viel passiert! So verdammt viel ...!
Fangen wir am Besten von ganz vorne an.
Meine Kindheit war tatsächlich so durchschnittlich wie mein Name. Doch es war keineswegs eine triste und unangenehme Zeit. Ganz im Gegenteil! Es war die schönste Zeit, die ich je hatte. Ich war ich selbst, war frei!
Ich wohnte mit meinen Eltern, meinem jüngeren Bruder und Emma, unserem Hund, in einem schlichten, aber gemütlichen Einfamilienhaus im Rosenweg.
Mein Bruder ging fast täglich zum Fußball und ich bekam Klavierunterricht, der mir sehr viel Spaß machte. Es war nicht so, wie es

oft zu beobachten ist, dass ich gezwungen wurde Klavier zu spielen! Nein, ich machte es, weil es mir wirklich Spaß machte.
In der Schule hatte ich keine Probleme. Ich ging sogar überaus gerne zur Schule. Wenn ich daran zurückdenke, muss ich mir eingestehen, dass damals einfach alles so war, wie es sein sollte.
Eines Tages bot meine Schule eine Theaterarbeitsgemeinschaft an. Ich war sofort dabei, auch meine Freundin meldete sich dort an. Dort blühte ich zum ersten Mal richtig auf. Es war wahnsinnig spannend und, um es „modern" auszudrücken, irgendwie cool, dort auf der Bühne zu stehen und seine Sachen abzuziehen.
Wenn ich schauspielerte, vergaß ich alles um mich herum und wurde ganz und gar zu der Person, die ich darstellte. Deshalb gewöhnte ich mich auch relativ schnell an die ganzen Zuschauer, die mir vorher großes Unbehagen bereitet haben. Natürlich hatte ich immer Lampenfieber, aber ich lernte mit jeder Aufführung mehr und mehr damit umzugehen und begriff, dass nichts schief gehen konnte, wenn ich einfach mein Bestes gab und das tat ich leidenschaftlich gerne.
So wurde das Theater für mich zu einem vollen Erfolg. Im Laufe der Zeit waren die Aufführungen meiner Schule so populär geworden, dass die Schulleitung beschloss ein neues Projekt zu starten: Ein Musical.
Das war nun etwas völlig anderes als bisher und wir alle waren gespannt, was daraus werden würde. Ausgewählt wurde das Musical: „Die Schöne und das Biest"

2

Mehr aus Jux bewarb ich mich um eine Rolle. Umso größer war der Schock, aber auch die Freude, als ich erfuhr, dass ich ausgerechnet die Hauptrolle bekommen hatte. Ich schwankte tatsächlich zwischen Freude und Angst, denn so etwas hatte ich noch nie gemacht! Da würde ich dann auch noch singen müssen; ich zweifelte tatsächlich daran, dass ich das schaffen würde.

Ich hatte zu dem Zeitpunkt ja noch keine Ahnung, dass dieses Musical eine ganze Kettenreaktion hervorrufen würde und, dass das Singen mir durchaus mehr lag, als ich mir zutraute. Ich wollte die Rolle sogar ablehnen, doch die Projektleitung war so überzeugt von meinen Fähigkeiten, dass sie mich gar nicht zu Wort kommen ließen. So übte ich wie unter Hypnose auf dieses besondere Ereignis hin.

Anfangs fiel es mir schwer, denn es war irgendwie wahnsinnig peinlich vor allen anderen zu singen. Aber nach und nach spürte ich eine Art Erleichterung, als ich bemerkte, dass niemand mich auslachte. Meine Stimme war bald nicht mehr zitterig, sondern wurde allmählich fester und bald machte mir das Singen Spaß. Ich konnte aus mir herausgehen und so, wie auch schon beim normalen Schauspiel, ganz mit der anderen, von mir gespielten, Person verschmelzen.

Alles lief soweit gut, alle waren zufrieden mit mir, selbst ich selbst war zufrieden mit mir. Doch mit unglaublicher Geschwindigkeit näherte sich der Tag der Aufführung und spätestens, als ich in meinem prachtvollen Ballkleid vor dem großen Spiegel stand, wurde mir schlagartig etwas klar: Es wurde ernst! Das war jetzt kein Spaß mehr, das war die Aufführung.

Ich würde in dem Aufzug da rausgehen und singen müssen! Alle würden mich anstarren! Das würde der Reinfall schlechthin werden! Die Lehrer wären so enttäuscht von mir! Und ich könnte mich nie wieder irgendwo blicken lassen!

Heute muss ich lachen, wenn ich daran zurückdenke! Wie war ich naiv und übertrieb maßlos! Aber ich konnte doch wirklich nicht ahnen ... Ehe ich mich versah, stand ich also auf der Bühne. Ich schaute in die erwartungsvollen Gesichter der Zuschauer, die regelrecht zu lauern schienen. Ich stand mitten auf der Bühne, der Lichtkegel ruhte auf mir,

ich konnte ihm nicht entkommen, obwohl ich in diesem Moment gerade genau an das dachte - einfach wegzulaufen. Dass ich damals nicht davongelaufen bin, wundert mich zwar selbst, aber hätte ich es getan, hätte ich mein ganzes Schicksal verändert! Ob das gut gewesen wäre, weiß ich nicht, aber ich denke, es steht mir auch gar nicht zu das zu bewerten. Abgesehen davon, was geschehen ist, ist nun mal geschehen.
Stockend begann ich also zu singen, als die Leute schon nervös wurden, weil ich da stand und nichts tat. Durch die Reihen ging ein erleichtertes Aufatmen. Ich war heilfroh, als ich es geschafft hatte!
Doch als ich fertig war, brach ein lauter Applaus los! Die Leute standen sogar auf! Es war die erfolgreichste Aufführung unserer Schule gewesen, auch die Zeitungen schrieben noch lange darüber!
Dieses Ereignis setzte einen Meilenstein in meinem Leben.

3

Ein paar Tage nach der Vorstellung rief mich Frau Schubert, die Leiterin der Theaterarbeitsgemeinschaft zu sich. Was dann geschah werde ich vermutlich niemals vergessen. Sie sagte: „Stella, da hinten ist ein Herr, der möchte dich gern sprechen!".
Da bereits hätte ich es wissen müssen, denn Frau Schubert, die eigentlich ein ruhiges und fast phlegmatisches Gemüt hatte, war völlig aus dem Häuschen und war sehr nervös und aufgeregt.
Verwirrt ging ich zu dem großgewachsenen jungen Mann, der an der Tür stand. Als ich ihm die Hand gab, musterte er mich eindringlich. Seine dunklen Augen schienen mich förmlich zu durchbohren. Er roch stark nach teurem After-Shave.

Plötzlich lächelte er selbstsicher und sagte mit ruhiger und fester Stimme: „Sie sind also Fräulein Weiß? Die Theatersensation dieser Schule? Sehr erfreut!".

Ich war völlig verschreckt und lief tomatenrot an. Das hatte mich völlig aus dem Gleichgewicht gebracht. So hatte noch nie jemand mit mir gesprochen. Das war das zweite Mal in meinem Leben, dass ich am liebsten weggerannt wäre, aber auch da tat ich es erstaunlicher Weise nicht. Ob es an seinem fesselnden Blick lag oder, ob ich mir das bloß in anbetracht der Situation zusammenphantasierte, weiß ich nicht.

Da sagte er: „Oh, entschuldigen Sie, ich habe mich noch gar nicht vorgestellt! Ich bin Jürgen Wells, von Floramedia und Large Companies!".

Ich muss in dem Moment ziemlich dumm ausgesehen haben, denn in meinem Kopf arbeitete es schwer. Irgendwoher kannte ich den Namen doch! Gerade, als mir dämmerte, dass ich den Namen auf einer CD schon einmal gelesen hatte, riss Herr Wells mich aus meinen Gedanken: „Ihre gesangstechnische Leistung bei der Aufführung war bemerkenswert! Floramedia und Large Companies ist immer auf der Suche nach neuen Talenten und wir sind der Meinung, Sie Fräulein Weiß, sind geeignet. Wir werden uns auch noch mit Ihren Eltern über eine entsprechende Förderung unterhalten und dann erstellen wir ganz individuell für Sie einen entsprechenden Vertrag und machen Sie sich keine Sorgen wegen der Vergünstigung und ...", der charismatische Herr Wells redete in einem gewaltigen Redeschwall und wurde mit jedem Wort euphorischer.

In all der Zeit sagte ich nichts. Zuletzt drückte er mir eine Visitenkarte zu, versprach sich demnächst zu melden und ging, nicht ohne mir noch einmal zuzuzwinkern. Lange stand ich noch an der Tür mit der Visitenkarte in der Hand.

Es dauerte tatsächlich unendlich lange bis ich mich wieder gefasst hatte. Ich war wirklich begriffsstutzig! An dem Tag ging ich ohne mit irgendjemandem noch ein Wort zu sprechen nach Hause.
Eigentlich hätte ich mich freuen sollen, nicht viele kriegen eine solche Chance, obwohl sie sich ein ganzes Leben darum bemühen! Aber soweit konnte ich zu dem Zeitpunkt wirklich noch nicht denken.
Als ich zu Hause ankam, hatte ich auch keine Ruhe weiterhin nachzudenken. Meine Eltern erwarteten mich bereits und redeten wild auf mich ein. Sie freuten sich sehr und so aufgeregt hatte ich sie bisher noch nie erlebt! Der nette Herr Wells sei schon bei ihnen gewesen und hätte ihnen bereits alles erzählt, ob ich mich nicht auch riesig freue?!
Ich lag die ganze Nacht wach und dachte nach ohne wirklich zu Erkenntnissen zu gelangen.

4

Kurze Zeit später begannen die Ferien und meine Eltern schleppten mich zu den Floramedia und Large Companies Studios. Dort wurde ich schon von Herr Wells, der sich sehr über unser Kommen freute und meine Eltern inzwischen mit seinem Charme um den Finger gewickelt hatte, sehnsüchtig erwartet.
Plötzlich stand ich in einem richtigen Studio! Ich bekam einen Text, gigantische Kopfhörer und ein Mikrofon. Wieder sollte ich singen. Wieder dachte ich ans Weglaufen, doch gerade, als ich mich nach einem geeigneten Fluchtweg umsah, winkten mir meine Eltern überglücklich hinter der Fensterscheibe zu.
Ich seufzte resigniert und sang! Ja, ich sang! Als ich fertig war, wurde eine Menge diskutiert und ich sollte üben, üben und nochmals üben.

Am Abend fiel ich erschöpft ins Bett. Am nächsten Morgen erfuhr ich von meinen Eltern, dass man bereit sei eine CD mit mir herauszubringen, man würde große Hoffnungen in mich setzen.
Stunde für Stunde übte ich von da an, Tag für Tag, Woche für Woche.
Als ich eines Tages gerade ins Auto gestiegen war, um zum Studio zu fahren, blickte ich aus dem Fenster und sah meine Freundin, wie sie mit den Anderen zum Schwimmbad radelte. Als sie an mir vorbeifuhr, tat sie so, als ob sie mich nicht gesehen hätte, aber ich wusste: Sie hatte.
Das tat weh.
Ich hatte mich seit Längerem nicht mehr bei ihr gemeldet und viel Zeit hatte ich, bedingt durch meine neue „Karriere", auch nicht mehr, aber, dass es soweit schon gekommen war, war mir nicht bewusst gewesen.
Ich fühlte mich plötzlich ganz allein und wäre so unwahrscheinlich gerne mit den anderen schwimmen gegangen an diesem warmen Sommertag! Aber ich konnte nicht! Ich glaube, dass ich damals in dieser Situation mein Schicksal selbst gewählt habe, indem ich nichts tat und mich einfach hingab.
Mein ganzer Tag wurde nun von dem Studio bestimmt. Besonders viel Spaß machte mir das Singen nun langsam nicht mehr. Manchmal machte es Spaß , aber manchmal hatte ich einfach auch keine Lust und hätte viel lieber etwas Anderes gemacht. Doch gerade dann dauerten die Proben extra lange, weil ich unkonzentriert war und nichts klappte. Die Produzenten rauften sich die Haare und meine Eltern forderten mich erregt auf mich „zusammenzureißen".
Toll, so ein Leben als angehender „Star".
Ich gewöhnte mich bald an diesen Tagesablauf und alles wurde zur Gewohnheit bis... ja, bis die Schule wieder begann. Da hieß es, ich müsste mich nicht mit so nichtigen Dingen beschäftigen, schließlich wolle ich ja Karriere machen! Gefragt hatte mich niemand! Nichts desto trotz musste ich von nun an nur noch zu den Hauptfächern zur Schule kommen. Zugegeben, es gibt bestimmt viele, die das als reines Glück

erachten würden, aber ich sah das ein wenig anders, denn meine Lieblingsfächer Kunst und Ethik hatte ich nun nicht mehr.
In der nächsten Zeit war alles sehr stressig für mich, ich kam mit der Doppelbelastung kaum zurecht, wurde in der Schule schlagartig schlechter. Doch auf einmal schien das keine Rolle zu spielen, für die Anderen zumindest nicht!
Auch, dass ich keine Freunde mehr hatte, war angeblich völlig nebensächlich, denn das hier bestimmte meine Zukunft! Doch was ist eine Zukunft, in der man unglücklich und allein ist? Aber natürlich wagte ich es nicht diese Frage laut zu stellen. Vermutlich hätte es ohnehin nichts geändert.

5

Auf einmal war es soweit: Meine CD war soweit fertig! Doch das hieß noch lange kein Ende dieser Strapazen! Jetzt standen Fototermine und verschiedene andere Dinge an.
Schon der erste Fototermin eröffnete mir ganz neue Dimensionen dessen, was ich so zu sagen unbewusst geschaffen hatte! Im Studio bekam ich die modernsten und schicksten Kleidungsstücke in die Hand gedrückt. Ich sollte mich ganz natürlich geben und immer ich selbst sein, sagte man mir, doch wie sollte das gehen? Selbst auch nur eine Gürtelschnalle, die mir gefiel, aussuchen durfte ich nicht.
Als ich mich umgezogen hatte - natürlich mit Hilfe von drei Leuten - fühlte ich mich mehr als unwohl, von mir selbst konnte wirklich absolut keine Rede sein! Ich fühlte mich eingezwängt, in eine Rolle gepresst! Das war nicht ich.

Doch zum Protestieren gab man mir keine Gelegenheit! Es wurde herumgezogen, gezupft, diskutiert, verändert und aufgepolstert, was noch aufgepolstert werden musste.

Bei all dem, stand ich wie parallelisiert da und ließ alles geschehen. Ich war in dem Moment einfach zu überwältigt, um irgendwie aktiv zu werden.

Anschließend fand ich mich auf einem bequemen Stuhl wieder und schaute in einen von allen Seiten beleuchteten Spiegel, den ich aus irgendeinem alten Film bereits kannte. Unter meinem schockierten Blick begann man meine Haare zu machen.

In sekundenschnelle hatte man geschnitten und Strähnen in allen möglichen Rottönen in meine Haare gefärbt.

Ob ich wollte oder nicht - denn es war ihnen klar, dass jeder so etwas wollen müsste und dabei noch unsagbar dankbar war!

Es wurde geföhnt, toupiert, gelockt und vieles andere. Von meiner ursprünglichen Frisur war nichts mehr übriggeblieben. Ich möchte nicht behaupten, dass das Resultat schlecht aussah, aber eben anders, zu anders.

Dann kam der letzte Schliff: Make Up. Es dauerte sehr lange und ich konnte regelrecht spüren, wie das Zeug sich auf meinem Gesicht türmte.

Als ich die Augen wieder öffnete, erschrak ich.

Ich sah in ein fremdes Gesicht, von mir waren nur noch die traurigen und entsetzten Augen geblieben, alles andere war kundenorientiert verpackt worden. Doch ich war bereit für den Fototermin. Das war noch so eine peinliche Angelegenheit, denn nun musste ich aus meiner Starre aufwachen. Der Fotograf scheuchte mich von Pontius zu Pilatus und war nie zufrieden.

Doch gerade dann, wenn ich mir selten blöd, künstlich und blamabel vorkam, verfiel er in eine unbeschreibliche Entzückung und schein völlig weggetreten in seiner Fotografierwut. Kunst nannte man das wohl.

Sein Verhalten faszinierte mich einerseits, doch andererseits und das überwog, machte mir sein Wahnverhalten Angst. Als er fertig war, war er fast noch erschöpfter als ich!
Ein paar Tage später waren die Fotos fertig und gecheckt. Ich sah sie mir an, doch ich empfand dabei eine seltsame innere Leere, eine beängstigende Gefühllosigkeit! Ich identifizierte mich nicht mit der Person auf den Bildern.
Aber kurioser Weise faszinierte gerade das die Verantwortlichen. Sie meinten ich hätte „das Zeug" dazu. Herr Wells sagte, als er die Fotos betrachtete: „Phantastisch! Geheimnisvoll! Mysteriös! Und die Ausstrahlung!". So weit so gut. Mittlerweile ging ich gar nicht mehr zur Schule, das passte nicht in meinen Terminplan, den ich leider nicht selbst zusammenstellen konnte.
Wie gern hätte ich mein Leben wieder gehabt! Wie gern wäre ich wieder ganz normal zur Schule gegangen, alles ganz normal eben. Aber jetzt war es eindeutig zu spät.
Eines Tages kam Herr Wells zu mir mit einer jungen, sehr exzentrischen, Frau, er sagte: „Das ist Florentine, sie wird dich managen und gleichzeitig wird sie auch deine Pressesprecherin sein!". Ich gab „Florentine" die Hand und fuhr erschrocken zusammen, als sie mit ihrer sirenengleichen Stimme anfing zu sprechen: „Es gibt so viel zu bereden, wir müssen dir ein Image verschaffen, dich auf Interviews und Auftritte vorbereiten und überhaupt, Stella, was ist das überhaupt für ein Name!". Sie schleifte mich einfach mit in ihr Büro.
In den nächsten Minuten wurde aus mir Nyla Whitestram, nicht das dieser Name nicht noch bekloppter wäre, aber wieder wurde meine Meinung nicht erfragt ...
Was danach kam war jedoch salopp gesagt noch schockierender! Ich bekam eine neue Identität und es wurde festgelegt, was genau ich sagen sollte, auf welche Fragen ich überhaupt nur antworten durfte, mit wem ich reden sollte und vieles mehr.

Wenn ihr bisher meintet, Eltern wären die Weltmeister im Vorschriften machen, dann hattet ihr noch nicht einmal einen Maßstab dafür!
Eine Woche bevor meine CD endlich herauskam, hatte ich ein Fernsehinterview. Ich musste jeden Rest Gefühl in mir ausschalten, sonst wäre ich an Scham zugrunde gegangen! Nachdem ich mich jedoch an die Situation gewöhnt hatte, begriff ich wie „dumm" das Ganze war.
Ich saß hier, doch eigentlich saß ich gar nicht hier! Mein programmierter Körper saß nur hier! Was ich sagen wollte, durfte ich nicht sagen! Diese Erkenntnis gab mir noch einige Zeit zu denken. So ging es weiter, Tag für Tag.
Ich konnte mich allerdings nicht an mein neues, optimiertes Ich gewöhnen. Ich gefiel mir überhaupt nicht!
Außerdem sehnte ich mich danach, wieder zur Schule zu gehen. Ich wollte den Alltag! Ich wollte Freunde! Ich wollte, dass die Lehrer mir wieder auf die Nerven gingen! Und so lächerlich es klingt: Ich wollte endlich wieder „ausschlafen"! Ja, ausschlafen, denn das, was ich machte, war tatsächlich eine Art Fulltimejob! Ich musste jeden Tag schon um fünf Uhr morgens aufstehen, um spätestens um sieben Uhr am Studio zu sein, denn mein Styling beanspruchte beinahe drei Stunden, wenn nicht mehr. Früher dauerte diese Prozedur keine viertel Stunde!
Ob ich glücklich war?
Natürlich, ich hatte den Traum vieler junger Mädchen verwirklicht, freiwillig oder nicht!

6

Ich hätte mich vor Freude von einer Klippe ins Meer stürzen können, als meine CD endlich vollkommen war! Jetzt zeigte sich eine ganz andere , spannendere Facette dieser Branche!

Ich schleppte mich von Interview zu Auftritt, von Auftritt zu Fototermin, von Fototermin zu Party, von Party zu einer anderen Party.
Um Missverständnissen vorzubeugen, muss ich an dieser Stelle erwähnen, dass es sich keinesfalls um gewöhnliche Teenypartys handelte! Nein, es waren ganz andere „Veranstaltungen". Es waren richtige Empfänge, ihr wisst schon, solche, wo man in hochnoblen Kleidern auf Pfennigabsätzen dahertrippelt, während man Champagner trinkt und vorschriftsmäßige Konversation führt!
Die Partys waren natürlich sehr aufregend für mich, doch hätte ich sie lieber von Weitem oder gar im Fernsehen betrachtet. Aber so live dabei, fühlte ich mich einfach schrecklich.
Die vielen populären Berühmtheiten, echte Berühmtheiten wie renommierte Schauspieler und so weiter, nicht solche wie ich, erdrückten mich fast. Zum Glück ließ sich nur selten jemand herab mit mir ein paar Worte zu wechseln und das war schon schlimm genug, denn, da ich von den meisten High Society Themen ohnehin keine Ahnung hatte, beschränkten sich die Gespräche auf die üblichen, einstudierten Floskeln. Es gab jedoch im Umkehrschluss nichts größeres für mich, als in irgendeiner entlegenen Ecke zu stehen und das bunte Treiben zu bestaunen. Wenn ich mir dann vorstellte, was das für Leute waren, die mit mir im selben Raum waren und wie verdammt reich sie waren!
Ich wusste, dass das alles total lächerlich war! Dass ich lächerlich war! Ich meine, ich würde niemals, weder finanziell noch in anderer Hinsicht auch nur an diese Leute herankommen! Ich fühlte mich so billig! Mein Alltag wurde einfach nicht leichter!
Ich blamierte mich täglich, vor allem, da ich mich noch nicht einmal angesprochen fühlte, wenn jemand etwas zu mir sagte. Mein neuer Name befremdete mich zutiefst. Ich war eben immer noch Stella Weiß, da konnten auch die Klamotten nichts dran ändern! Nichts würde je eine Nyla aus mir machen.

Die Zeitungskolumnen und Fernsehshows von oder über mich sammelten sich an, da sich meine CD erstaunlicher Weise hervorragend verkaufte.
Meine Eltern waren diesem Höhenflug mehr verfallen als ich! Sie sammelten jeden Schnipsel über mich und legten in liebevoller Feinarbeit ganze Ordner an, nur um damit anzugeben. Aber ich konnte es ihnen nicht verübeln. Auch meine Managerin und Herr Wells waren sehr zufrieden mit mir auf Grund meines Erfolges.

7

Dann begann ausnahmsweise eine recht schöne Zeit für mich. Natürlich, es war nicht wie früher, konnte es auch nie wieder werden, aber ich hatte wieder ein bisschen mehr Zeit, das Geld floss und nicht zuletzt spielte beinahe jeder Sender meine Lieder.
Das machte mich irgendwie stolz, auch wenn ich anfangs nicht so recht begriff, dass es bei all dem um mich ging und, dass ich all das geschafft hatte! Aber stolz war ich.
Eines schönen Tages verließ ich ganz unbescholten mein Haus, um mit Emma, unserem Hund, spazieren zu gehen. Doch kaum hatte ich die Haustür geöffnet, kam ein ganz neuer Schock über mich! Unser Vorgarten war völlig zertrampelt! Überall standen Reporter, die mit ihren Kameras auf mich zielten. Es war laut, ein richtiger Tumult!
Mein Lied war inzwischen in den Charts auf Platz zwei aufgestiegen und genau das wussten auch die Reporter – sie schossen.
Ein Blitzgewitter prasste auf mich ein. Schnell sprang ich erschrocken zurück und schloss die Tür hinter mir.
Das war der letzte Tag, an dem ich noch in unserem kleinen behaglichen Häuschen wohnte. Ich zog in ein Appartement auf dem Studiogelände.

Nun wohnte ich ganz alleine. Das hätte mir unter anderen Umständen sehr zu schaffen gemacht, denn ich war noch nie länger als eine Woche von meinen Eltern getrennt gewesen – jetzt wohnte ich alleine. Doch das Studio und die Arbeit dort nahmen mich so ein, dass ich kaum Zeit im meinen einsamen Appartement verbrachte.
Der nächste große Einschnitt in meiner Karriere war die Einladung zu den Music-Awards in Hollywood!!! Ich war sehr aufgeregt.
Doch, ehe ich registrierte, dass ich tatsächlich nach Hollywood fliegen würde, hatten schon irgendwelche Leute, die ich nicht einmal kannte, alles in die Wege geleitet; meine Eltern hatten meine Koffer gepackt.
Das war das allererste Mal, dass ich flog. Der Flug in meinem Privatjet verging schnell.
Bei den Awards folgte die nächste große Überraschung: Ich bekam einen Preis für die erfolgreichste Newcomerin! Gewaltsam schubste mich jemand Richtung Bühne, während alle Leute klatschten und so taten, als würden sie sich wirklich für mich freuen. Ich war schockiert! Wie versteinert sagte ich meine Verse und Danksagungen auf, die ich vorher eingetrichtert bekommen habe. Ich dankte, sogar Leuten, von denen ich zuvor noch nicht einmal etwas gehört hatte!
Die Woche in Hollywood erlebte ich wie unter Drogeneinfluss. Ich schwebte durch die Straßen, ich war überglücklich. Hollywood verschaffte mir einen regelrechten Kick! Die ganzen reichen und berühmten Leute, zu denen ich mittlerweile auch gehörte, aber das sah ich nicht, die vielen teuren Geschäfte, das alles nahm mich gänzlich ein.
Ich genoss es einzukaufen, denn ich konnte mir fast alles leisten. Viel kaufte ich dann aber letztendlich doch nicht, denn da war ich eben auch neu auf dem Gebiet – es widerstrebte mir solche Unmengen an Geld für Kleidung auszugeben!
Wieder zu Hause angekommen, holten mich allerdings wieder die dunklen Seiten meines Erfolges ein, ich musste an einem neuen Album

basteln und das möglichst schnell! Doch, da ich hochmotiviert war durch meinen Erfolg, lief das ganz gut ab.
Ich arbeitete beinahe Tag und Nacht. Dazu muss ich sagen, dass viele Leute glauben, als Star hätte man das Traumleben schlechthin und das wäre doch keine Arbeit! So kann man sich täuschen! Es war Arbeit und ob es welche war! Mein zweites Album war bald auch fertig.

8

Kurze Zeit später geschah das unmögliche: Herr Wells kam zu mir und sagte: „Nyla, Liebes, es gibt Probleme. Dein Album verkauft sich nicht. Wenn sich das nicht bald ändert, werden wir Konsequenzen ziehen müssen".
Diese Worte trafen mich härter als ein Schlag ins Gesicht. Über die Konsequenzen dachte ich in dem Moment noch gar nicht nach. Doch warum verkaufte sich mein Album nicht, das habe ich damals einfach nicht für möglich gehalten!
Nach dieser Hiobsbotschaft ging es mir sehr schlecht. Das erste Mal in meinem Leben betrank ich mich in einer Bar.
Obwohl ich mein Herz nie an diese Karriere gehängt hatte, schmerzte es zusehen zu müssen wie sie schwand, mit einem Mal. In dieser Nacht lag ich lange wach und dachte nach. Mit Tränen in den Augen schlief ich ein.
Am nächsten Morgen wurde ich von dem schrillenden Telefon geweckt. Herr Wells war am Apparat. Ich hatte ihn noch nie so erlebt. Er war rasend vor Wut, seine Stimme war verzerrt. Keine Spur mehr vom gewohnten Süßholz raspeln. Es war, als hätte er eine Maske abgelegt und nun sein wahres, wahrlich monströses, Gesicht gezeigt. Er brüllte:

„Verdammt, Nyla. Guck in die Zeitung! Wenn du so anfängst, kannst du es vergessen!". Und noch vieles mehr warf er mir an den Kopf.
Ich sagte gar nichts, denn ich verstand mal wieder gar nichts! Nachdem er aufgelegt hatte, war ich vollkommen durcheinander, bis ich in die Zeitung guckte.
Auf der Titelseite war ein großes Foto von mir. Aber keines der Fotos, die ich inzwischen gewohnt war. Es war eine andere Art von Foto, ein Klatschpressefoto. Ich hatte Augenringe und sah völlig heruntergekommen aus! Darunter stand in Fettbuchstaben riesengroß: „Nyla Whitestream am Abgrund!!!".
In dem Artikel stand etwas von Alkoholproblemen in jungen Jahren und ich hätte schon öfter mit Drogen Kontakt gehabt und überhaupt sei mein Lebensstil sehr dubios. Ich konnte es nicht fassen, nichts davon war wahr! Jeder konnte das lesen! Ich konnte mir nicht erklären, wie das zustande gekommen war, doch es musste letzte Nacht gewesen sein. Ich hatte ja schon viel von journalistischer Freiheit gehört, aber das war die Höhe!
Jetzt allerdings konnte ich Herr Wells ansatzweise verstehen. Als ich im Studio ankam, war die Hölle los. Ich wurde von Dutzenden feindseligen Blicken getroffen. Tief verletzt stürmte ich in Herr Wells` Büro. Ich fragte ihn was los sei.
Tonlos sagte er: „Tut mir leid, Liebes, aber so ist das in diesem Geschäft. Du eignest dich einfach nicht dafür! Wir möchten dich bitten das Appartement bis heute Abend noch zu räumen. Andere wissen diesen Platz zu würdigen!".
Damit wurde ich aus dem Studio geschmissen. Wieder bestätigte sich der Grundsatz, dass nichts unmöglich ist.
Plötzlich fand ich mich ganz alleine wieder. Ich packte meine Sachen und fuhr per Anhalter zu meinen Eltern.

Alles ging so schnell! So schnell, wie es begonnen hatte, ging es auch wieder zu Ende. Doch ich glaube fast sagen zu können, dass das Ende noch schwieriger und schmerzhafter war als der Anfang.
Zum Studio wurde mir von dem Zeitpunkt, an dem ich es verlassen habe, der Zutritt gesperrt und alles war auf einmal einfach vorbei - einfach so... vorbei.
Meine Eltern nahmen mich zwar zu Hause auf, doch ich spürte ihre Enttäuschung deutlich und ich glaube sie werden nie wirklich darüber hinwegkommen.
Einen Tag nach meinem Rauswurf erfuhr ich, dass eine Kimba Woods jetzt mein Appartement bewohnte, sie sei die neue Hoffnung der Studios.
Plötzlich sprach niemand mehr von mir, keine Reporter, keine Termine, keine Partys, auch meine Lieder wurden immer seltener gespielt. Bald war ich vergessen.
Das war vermutlich der schwerste Teil: Wieder anfangen zu leben. Ich war, im Fachjargon ausgedrückt, ganz unten. Der Aufstieg stellte sich als die größte Herausforderung meines Lebens heraus und ich wusste noch nicht einmal, ob ich diese Herausforderung annehmen wollte.
Ich weiß zwar nicht warum, denn der größte Teil in mir war einstimmig für das Aufgeben, aber irgendwie setzte sich der andere Teil dann doch durch und ich machte einen Neuanfang.
Das bedeutete, ich musste eine Klasse wiederholen, da ich so viel verpasst hatte, mich an den Alltag normaler Menschen wieder gewöhnen und nicht zuletzt meine Haare kurieren, da die Färbung ihnen zugesetzt hatte.
Lange Zeit war ich sehr frustriert und sehr wütend auf die Studios, auf Herr Wells, auf die Reporter und auch auf mich selbst. Aber mit der Zeit bin ich daran gewachsen.
Heute bin ich Kauffrau. Verständlich, dass ihr euch wundert, aber genau das ist mein Traumjob. Keine Blitzkarriere, sondern einen festen Platz zu

haben, den ich mir hart erarbeitet habe. Ich bin glücklich, tatsächlich bin diesmal ich glücklich. Ob Andere mit meinem Los so zufrieden sind wie ich, ist mir egal.

Mittlerweile habe ich auch den Frust und den Hass von damals verarbeitet.

Heute sitze ich hier und höre meine eigene CD. Ein komisches Gefühl, aber ich muss ganz objektiv sagen, dass ich gar nicht schlecht war, aber es ist gut, dass es so früh vorbei war. Kaum auszudenken, was gewesen wäre, wenn es später geschehen wäre, denn irgendwann wäre es ohnehin so weit gewesen! Dann hätte ich mich vielleicht für das Aufgeben entschieden und wäre niemals so glücklich geworden ,wie ich es jetzt bin. Auch bereue ich die Zeit keineswegs. Sie hat mich geprägt. Ich habe daraus gelernt; es war eine nützliche Erfahrung, die mir gezeigt hat, wer ich wirklich bin.

Heute bin ich zufrieden mit mir. Ich bin stolz auf das, was ich geschafft habe. Ich wünsche Anderen, die in die gleiche Situation kommen wie ich, dass sie auch zu sich finden und nicht verzweifeln ...

Saskia in der Klapsmühle

1

(...) Es war ein Dienstag. Wir hatten Sozialkunde, mein Lieblingsfach. Gestern hatte ich gefehlt, weil ich so wahnsinnig erkältet war und Fieber hatte. Ich weiß, es hört sich komisch an, aber ich wollte zur Schule, doch meine Mutter ließ mich, so krank wie ich war, nicht gehen.
Aber ich wollte wirklich zur Schule, denn am Montag sollten wir unser Sozialkundeprojekt besprechen. Jeder von uns sollte einen ganzen Tag in einer sozialen Einrichtung verbringen.
Ich hatte es mir schon ganz toll ausgemalt, denn ich wollte gern als Projektthema, den katholischen Kindergarten in der Hünxestraße nehmen. Dort arbeitetet meine Tante. Sie hatte mich schon öfter mitgenommen, ich verstand mich super mit ihr und auch die Kinder hatten es mir angetan.
Ja, ich war sogar besessen von der Idee später selbst im Kindergarten zu arbeiten!
Das freute meine Eltern nun gar nicht. Meine Mutter war Steuerberaterin und mein Vater Anwalt. Sie wollten, dass ich später mal etwas „Ordentliches“ mache. Kindergärtnerin war in ihren Augen nichts Ordentliches.
Aber mir gefiel es, na ja, vielleicht war der Grund dafür auch ein bisschen die Tatsache, dass es meinen Eltern eben nicht gefiel. Sie wollten, dass ich in ihre Fußstapfen trat, aber ich wollte auf gar keinen Fall so werden wie sie.
Ich wollte etwas erleben, ich wollte mit Menschen arbeiten, nicht gegen sie. Ich wollte keinen dieser strengen Schreibtischjobs, auf die alle ja so verdammt stolz waren! Also hatte ich mir schon jede Menge Infomaterial

von diesem besagten Kindergarten besorgt. Ich freute mich sehr auf dieses Projekt!
Es war eine einmalige Gelegenheit einen ganzen Tag im Kindergarten zu verbringen. Meinen Eltern konnte ich sagen, ich müsste das tun, für die Schule. Das müssten sie akzeptieren! Umso mehr ärgerte ich mich, als ich am Montag nicht zur Schule konnte.
Montag gab ich mir dann größte Mühe gesund zu erscheinen. Das war ganz schön schwierig. Zum Niesen oder Husten musste ich aus der Hörweite meiner Eltern gehen und das Thermometer habe ich manipuliert.

2

So habe ich es jedenfalls geschafft, am Dienstag wieder zur Schule zu kommen. Voller freudiger Erwartung wartete ich Mathematik und Erdkunde ab.
Dann war es soweit. Mein Herz machte einen kleinen Hopser, als Frau Schulz eintrat. „Guten Morgen Kinder. Gestern haben wir ja schon die Projekte verteilt. Heute habe ich euch die jeweiligen Unterlagen mitgebracht!" ,sagte Frau Schulz lächelnd und verteilte die Blätter.
Ich war bereits sehr misstrauisch, denn ich befürchtete das Schlimmste, weil ich ja am vorherigen Tag nicht da gewesen war. Als sie dann zu mir kam, sagte sie: „Oh, Saskia, gestern haben wir die Projekte verteilt! Für dich ist leider nur noch eins übrig, das wollte niemand, tut mir leid!" ,sie drückte mir einen Zettel in die Hand und ging fröhlich pfeifend weiter. Vorsichtig, als könnte er jeden Moment explodieren, drehte ich den Zettel um.
In verschnörkelten Buchstaben stand da: „Jugendpsychiatrie Neusfeld". Ich musste es mehrmals lesen, denn ich konnte es nicht fassen.

Da wollte ich auf gar keinen Fall hin! Zu den Bekloppten! Kein Wunder, dass das niemand wollte und es übrig geblieben war! Ich wollte doch in den Kindergarten. Langsam stiegen mir warme, schwere Tränen in die Augen. Nein, ich würde jetzt nicht heulen! Nein! Aber ich war so wütend!
Da schaltete sich plötzlich die Nervensäge neben mir ein: „Hey Saskia, was hast du bekommen? Ich habe den katholischen Kindergarten! Arbeitet dort nicht deine coole Tante?".
Ich war entsetzt. Als ich ihr erzählte, was ich hatte, bemitleidete sie mich nur. Mit mir tauschen wollte sie nicht. Sie meinte, ich würde selbst in die Klapse gehören, wenn ich dachte, sie würde anstatt in den behaglichen Kindergarten zu den Psychopathen gehen.
Nach dieser Stunde ließ ich mich von der Schule entlassen, weil ich ja sooooo... krank war. Tatsächlich ging es mir sehr schlecht, was aber weniger an meiner Grippe lag.
Beim Abendessen erzählte ich meinen Eltern von meinem Los. Den Kindergarten erwähnte ich vorsichtshalber nicht. Die Reaktion meiner Eltern war nicht sehr aufbauend. Sie lachten mich aus und wünschten mir viel Spaß!
Lange lag ich wach in meinem Bett. Ich kam einfach nicht darüber weg, dass die doofe Yvonne meinen Kindergarten gekriegt hatte! Meinen Kindergarten, meine Tante! Wie konnte sie nur? Sie war überhaupt nicht geeignet dafür, sie konnte Kinder nicht einmal ausstehen! Das hatte sie schon oft genug bewiesen. Ich hatte den Kindergarten verdient! Ich biss die Zähne zusammen, konnte aber nicht verhindern, dass eine Träne lautlos meine Wange herunterlief. Dann schlief ich ein.

3

Der nächste Tag glich einem fast noch größeren Alptraum. Irgendwie, durch Geisterhand, wusste die ganze Schule nun, dass ich die Irrenanstalt gekriegt habe. Ich weiß nicht warum, aber ich wurde das Gefühl nicht los, dass dieser Geist Yvonne war.
Plötzlich stand ich im Mittelpunkt. Alle starrten mich an. Das war ich nicht gewohnt! Mein ganzes Leben lang ließ ich mich einfach treiben und die Anderen zogen mich mit. Jetzt warteten alle ab, was ich tat!
Die Blicke, die mich trafen, unterschieden sich. Die Einen drückten ungeheures Mitleid aus, die Andern, was mich ebenso hart traf, Schadenfreude.
Aber eines hatten beide Blicksorten gemeinsam: Die, die sie aussendeten, waren allesamt heilfroh, dass sie nicht an meiner Stelle waren! Ein tolles Gefühl! Schnell wurde es Donnerstag, Freitag sollte das Projekt stattfinden.
Am Donnerstag nach der letzten Stunde kam der Klassenclown Michael zu mir, grinste und sagte: „Viel Spaß, bei den Irren! Vielleicht findest du ja endlich Gleichgesinnte! Ich werde dann währenddessen im Altenheim den Omis Geld aus der Tasche locken!".
Er fand seine Worte wahnsinnig witzig und lachte noch lange darüber. Ich nicht. Ich war todunglücklich. In mir brodelte es vor lauter Gefühlen, umso mehr, je später es wurde. Angst, Wut und Enttäuschung bewirkten, dass ich erst mich hasste, dann alle, die ich am nächsten Tag treffen würde. Das nahm ich mir ganz fest vor!

4

Um 5.30 Uhr klingelte mein Wecker. Lustlos zog ich mich langsam an. Beim Frühstück wäre ich beinahe wieder eingeschlafen, deshalb fiel dieses auch sehr mager aus. Ich dachte sogar schon daran einfach nicht hinzugehen und urplötzlich wieder krank zu werden, aber irgendetwas hielt mich davon ab.

Etwa eine Stunde später, stand ich vor einer goldenen, verbogenen Plakette:

„Jugendpsychiatrie Neusfeld". Das Gebäude erinnerte stark an ein Schloss, es war strahlend weiß und riesengroß. Erst später erfuhr ich, dass das nur das Verwaltungsgebäude war.

Drinnen wurde ich von einer hektischen Frau um die vierzig begrüßt. Frau Tannenfeld war wirklich megafreundlich und lächelte übertrieben, wenn sie nicht gerade in ein ohrenbetäubend hysterisches Lachen ausbrach, doch gerade dafür schien sie ständig Anlass zu finden. Dabei flogen jedes Mal etliche braune Haare aus ihrem stramm gekämmten und zusammengesteckten Zopf.

Sie war, wie ich dann erfuhr, die Leiterin der Station E4. Station E4, die sollte mir noch in Erinnerung bleiben. Frau Tannenfeld führte mich in rasendem Tempo durch das Verwaltungsgebäude und redete wie ein Wasserfall.

Ich erfuhr innerhalb weniger Sekunden alles über die Entstehung dieser „Fakultät für geistige Anormalitäten des jungen Menschen", denn Klapse sagte man hier nicht! ,über die Mitarbeiter, über den süßen Gärtner Karl-Heinz, über den Garten und natürlich darüber, wie sehr sie sich freute mich dort zu haben, denn sie bekamen nicht oft Besuch. Ich fragte mich, ob sie tatsächlich nicht wusste, woran das lag, aber ich sagte lieber nichts. Na ja, das wäre auch gar nicht möglich gewesen, denn während sie redete, atmete sie nicht, jedenfalls machte sie keine auch nur geringe Pause in ihrem Redefluss.

Das einzig Gute daran war, dass ich langsam wach wurde. Wir verließen das Gebäude durch die Hintertür wieder und nun sah ich, was die „Fakultät für geistige Anormalitäten des jungen Menschen" oder kurz Klapse, wirklich war. Es sah auch aus wie ein Schloss, aber mehr so in Richtung Horror. Um dieses massige graue Gebäude mit den dicken Gittern vor den Fenstern war eine hohe Mauer mit Stacheldrahtzaun darüber. Es erinnerte stark an Alcatraz.
Nachdem wir durch mindestens zehn Türen, die alle erst von der reizenden Frau Tannenfeld, die einen Vortrag über Sicherheit hielt, aufgeschlossen werden mussten, gelangten wir in ein Foyer.
„Im dritten Stockwerk ist die E4, mein Reich!". Frau Tannenfeld lachte und ich zuckte zusammen. Der Fahrstuhl quietschte entsetzlich und ich konnte wirklich nicht sagen, ob wir da jemals wieder heil rauskommen würden. Aber irgendwie klappte es dann doch. Nun war ich im dritten Stockwerk. Frau Tannenfeld war ganz in ihrem Element als Reiseführerin.

5

Auf dem Korridor waren vier Zimmer, die jeweils mit zwei Personen belegt waren. Frau Tannenfeld deutete auf die erste Tür und begann zu erzählen:
„E4a Rebecca Frei, 13, magersüchtig und Miriam Karl, 15, depressiv".
Sie strahlte über das ganze Gesicht, weil sie das auswendig wusste. Dann trippelte sie weiter:
„E4b Eva Stein, 16, Suizidversuch und Mia alias Cassandra Thieel, 15 Satanistin, völlig bekloppt, wenn du mich fragst!. E4c Rita Gutshof, 14, Angststörungen und Felicitas Meier, emotionale Störung".
So kamen wir zu E4d.

„Hier ist zur Zeit nur Daniele Joll, 16, psychosomatische Störung, so jetzt kennst du unsere Patienten. Du kannst dich hier frei bewegen, nur sind die meisten Zimmer abgeschlossen. Aber die ersten Beiden sind heute ausnahmsweise bis 18 Uhr offen. Um 18 Uhr triffst du alle im Gemeinschaftsraum. Wenn du Fragen hast, ich bin in meinem Büro. Ich wünsche dir viel Vergnügen!".

Und weg war sie. Ich stand ganz allein in dem Korridor und ich würde bis 21 Uhr hier bleiben müssen! Wieder kämpfte ich in mir mit meinen Gefühlen.

6

Ich stand vor E4a und wusste nicht, was ich tun sollte. Ich wollte dort eigentlich gar nicht rein, und zugegeben, ich traute mich auch nicht wirklich. Meine Hand ruhte auf dem kalten Türgriff. Ich holte tief Luft und „Buh".

Jemand stand hinter mir und freute sich tierisch, dass es ihm gelungen war mich zu erschrecken. Langsam drehte ich mich um. Vor mir stand ein sehr zierliches blondes Mädchen. Obwohl sie etwa genau so groß war wie ich, wirkte sie sehr klein und unscheinbar. Sie war wirklich erschreckend dünn. Aus ihrem Anstaltsanzug, mit dem Emblem der Psychiatrie, blitzten ihre weißen Arme, die fast halb so dick waren wie meine eigenen. In ihrem Handrücken steckte eine Kanüle.

Das Mädchen lächelte und ihre blauen Augen blitzten. Sie schien eine richtige Frohnatur zu sein.

Plötzlich sagte sie: „Jetzt guck doch nicht so! Als ich letztes Mal hier war, habe ich noch weniger gewogen! Ich bin übrigens Rebecca!" Sie lächelte und deutete auf die Aufschrift neben der Zimmertür. Ich wurde rot. Ich hatte gar nicht gemerkt, wie sehr ich sie angestarrt habe! Ich räusperte mich:

„Hallo. Ich bin Saskia. Ich mache hier ein Schulprojekt".
Rebecca lächelte wieder ihr sympathisches Lächeln: „Stehst du immer vor Türen und wärmst die Türklinke?".
Nun lachten wir beide und jetzt endlich hatte ich den Mut und öffnete die Tür. Irgendwie war ich richtig froh Rebecca getroffen zu haben, obwohl ich in dem Fall meinen Vorsatz jeden hier zu hassen, eindeutig brechen musste. Schnell schüttelte ich den Gedanken an den Kindergarten wieder ab.

7

Die Zimmertür E4a schwang auf. Ich blieb in der Tür stehen und betrachtete den Raum. In der Mitte war eine halbe Trennwand, auf jeder Seite davon ein Krankenhausbett und ein Schrank, der anstatt einer Schranktür nur einen Vorhang hatte. Sonst nichts. Sonst war da tatsächlich nichts. Alles strahlte in sterilem weiß. Außer den verrosteten dicken Gittern am Fenster.
„Willkommen in meinem Reich" ,spöttelte Rebecca und machte einen Knicks. „Lass das bloß nicht Frau Tannenfeld hören!" ,rief ich und wir lachten. Es war irgendwie befreiend.
Plötzlich bemerkte ich, dass wir überhaupt nicht alleine waren. Auf dem anderen Bett lag ein blasses großes Mädchen mit langen braunen Haaren. Ich begrüßte sie, aber sie reagierte nicht. Da sagte Rebecca: „Mach dir nichts draus. Sie hat wieder eine ihrer Phasen. Sie spricht nicht".
„Aha", sagte ich und zuckte mit den Schultern. „Wenn du willst, stell ich dir noch die Anderen vor, aber so weit ich weiß, ist nur noch das Zimmer neben uns offen. Und das sind nicht gerade angenehme Zeitgenossen! Die sind tatsächlich bekloppt!".

Bei dem Wort „bekloppt“ huschte ein dunkler Schatten über das sonst so strahlende Gesicht des zierlichen Mädchens.
Rebecca tat mir leid. Sie war nicht das, was ich als bekloppt bezeichnen würde, sie war ganz normal! Gut, sie war sehr dünn, aber in die Klapse hätte ich sie gedanklich nicht gesteckt! Gedankenverloren stolperte ich hinter Rebecca her.
„Nicht erschrecken!“ ,sagte sie und schwang die Tür zu E4b auf. Okay, ich erschreckte mich trotzdem und hätte beinahe laut aufgeschrieen! Das erste Bett war belegt von einem Mädchen, das man gut hätte in dem Film: „Der Exorzist“ wiedersehen können. Ihre Hände und Füße waren an das Bett gebunden, sie konnte sich nicht bewegen. Erst hielt ich sie sogar für tot, denn genau so sah sie aus. Mein Blick streifte ihr bandagiertes Handgelenk. Ich erschauderte.
Doch gerade, als ich mich nähern wollte, öffnete sie ihre dunklen Augen, blickte mich vorwurfsvoll flehend an und schloss sie dann wieder.
Ich spürte einen schmerzhaften Stich in meiner Brust. Rebecca bemerkte mein Unbehagen und sagte fast flüsternd: „Das war ihr dritter Versuch. Es will einfach nicht klappen ...“.
Als mein Blick zögernd herüberwanderte in den zweiten Teil des Zimmers, erschrak ich noch mehr. Das Mädchen, was dort auf dem Bett saß, erinnert mehr an ein Tier. Sie war ganz schwarz angezogen, das musste die Satanistin sein. Sie war überall mit umgedrehten Kreuzen gepierct. Ihre schwarzen Haare fielen ihr strähnig ins Gesicht. Ihre Lippen waren schwarz geschminkt. Ihre schwarzen Augen wanderten unruhig umher. Plötzlich begann sie etwas zu murmeln, sie sah aus, als wäre sie im Trance. „Vorsicht! Gleich dreht sie wieder durch!“ ,rief Rebecca und zog mich aus dem Zimmer.
Ich wollte fragen, ließ es dann aber, denn ich musste denken. Denken über all das, was ich gesehen habe. Denn obwohl mir Einige hier Angst machten, verspürte ich weder Abscheu noch Hass gegen sie. Verwirrend war für mich, dass das Gefühl von unglaublichem Mitleid und

Verständnis in mir wuchs. Vor allem, der flehende Blick des Mädchens mit den drei Suizidversuchen ließ mich nicht los.
Am liebsten wäre ich zur ihr gegangen und hätte sie umgebracht, weil sie mir sympathisch war und ich Mitleid mit ihr hatte. Ich war wirklich durcheinander. Wortlos gingen wir nebeneinander her.
Um das Schweigen zu überbrücken fragte ich, als wir an E4d vorbeikamen, warum dort nur ein Mädchen untergebracht war. Gleich darauf wünschte ich niemals gefragt zu haben. „Nun ja, letzte Woche wohnte dort noch Nicole ..." ,Rebecca stockte.
„Ach, wurde sie entlassen?" ,fragte ich neugierig.
„Nein nicht ganz. Sie ist ganz oft mit dem Kopf gegen die Wand gelaufen, bis ... nun ja ... ,bis er einfach platzte ... der Kopf meine ich.".
Ich schnappte entsetzt nach Luft. „Das ist ja schrecklich!", stammelte ich.
Rebecca nickte: „Hat auch lange gedauert die Sauerei wieder weg zu machen!".
Meine Knie wurden plötzlich ganz weich und ich ließ mich im Versammlungsraum schnell auf einen Stuhl sinken, um nicht einfach umzufallen. Das war einfach zu viel.
„Oh, es ist gleich schon 18 Uhr! Gleich müssten die Anderen kommen. Alle außer Eva Stein, sie ist zur Zeit etwas kurz angebunden! Hahaha! Oh, Entschuldigung, das war nicht witzig!". Ich guckte sie verwirrt an. Es dauerte ein bisschen, bis ich das Wortspiel verstanden hatte. Es stimmte, das war nicht witzig. Doch, noch während ich den Kopf schüttelte, konnte ich mir ein Schmunzeln nicht verkneifen.

8

Langsam füllte sich der Raum und die Gestalten setzten sich mürrisch zu uns in den Stuhlkreis. „Sie müssen herkommen, sonst kriegen sie Ausgangssperre oder so!" ‚raunte Rebecca mir zu.
„Wie im Gefängnis!" ‚dachte ich schockiert. Der Platz links neben mir blieb leer. So lange bis eine ältere Frau herein kam, die von oben bis unten monoton grau war. Ihre Kleidung hatte einen Grauton, ihre Augen, und ihre Haare sowieso. Selbst ihre Haut schimmerte grau. „Interessante Person" ‚dachte ich und grinste. Rebecca schien meine Gedanken zu lesen und grinste ebenfalls.
„Jetzt kommt die Gehirnwäsche! Pass mal auf!" ‚flüsterte sie amüsiert. Ich war wirklich gespannt.
„Hallo, meine Lieben, lasst uns gleich dort anfangen, wo wir letztes Mal aufgehört haben!" ‚sagte die graue Frau mit sehr langsamer, irgendwie auch grauer Stimme. Sie nahm einen kleinen grauen Ball heraus und warf ihn direkt in Richtung Rebecca. Glücklicherweise war diese geistesgegenwärtig genug diesen zu fangen, denn hätte sie es nicht getan, hätte er sie wahrscheinlich vom Stuhl gefegt.
„Rebecca erzähl uns doch mal, was du jetzt in diesem Moment fühlst!". Rebecca setzte, wie ein routinierter Schauspieler, ein sehr ernstes Gesicht auf und erzählte etwas von tiefer Befangenheit und dennoch Freude am Zusammensein mit dieser Runde und dann beschwor sie noch ihre unbedingte Verbundenheit mit den Anderen. Ihre Augen lachten währenddessen und sie musste sich zurückhalten nicht herauszuplatzen. Als sie fertig war, gab sie denn Ball der grauen Frau zurück.
Die nächste war Rita, Angststörungen hatte Frau Tannenfeld gesagt, glaube ich. Doch die arme Rita war nicht geistesgegenwärtig genug und der Ball knallte mit einem dumpfen Knall gegen ihren Arm. Sie erschrak wahnsinnig und schrie laut auf. Selbst nach einigen Minuten zitterte sie noch.

Der Rest verlief eigentlich ziemlich uninteressant, denn alle gingen ähnlich vor wie Rebecca und jeder erzählte im Grunde dasselbe, eben das, was die Frau von ihnen hören wollte.
Nur als Mia an der Reihe war, wurde es noch einmal interessant. Sie dachte gar nicht daran ihre Rolle beizubehalten! Sie begann damit uns alle zu verfluchen und uns im wahrsten Sinne des Wortes zum Teufel zu wünschen. Das gefiel der grauen Frau nun gar nicht! Sie bekam plötzlich eine sehr tiefe Zornesfalte und sagte in ebenso monotonem Ton wie zuvor, ihr war keine Gemütsregung zu entnehmen, „Miss Thieel, Sie sind aufgebracht und durcheinander! Sie wissen was das bedeutet.".
Mit einer monotonen Bewegung drückte sie unter dem Tisch einen kleinen grauen Knopf. Sofort kamen zwei Männer in weißen Kitteln herangestürmt und führten Mia mit vereinten Kräften weg.
Ich guckte Rebecca fragend an. Sie sagte: „Keine Angst, sie bekommt nur eine Spritze! Das ist immer so!".

9

Der Tag neigte sich dem Ende zu und bald musste ich mich verabschieden. Ich bekam die Adresse von Rebecca und auch von der Psychiatrie, da das ihr zweites Zuhause sei. Es viel mir wirklich schwer wieder wegzugehen, Rebecca hier zu lassen.
Als ich abends zu Hause in meinem Bett lag, musste ich über vieles nachdenken. Ich dachte an Eva Stein mit ihren Selbstmordversuchen, ich dachte an das Mädchen, deren Kopf geplatzt war; was für ein Mensch sie wohl gewesen war, bevor sie eine Akte wurde und eine unendlich lange Nummer bekam?
Ich dachte an das große Gebäude, an den Alltag dort, in diesem Gefängnis und ich dachte natürlich an Rebecca.

Am nächsten Tag, in der Schule, bekam ich für mein Projekt und meine Darlegung eine glatte eins. Die Lehrerin war begeistert von meinen Erfahrungen, na ja die Schüler mehr von dem zerplatzen Kopf.
Yvonne hatte ihr Kindergartenprojekt gar nicht zu Ende gebracht, da sie die Kinder so dermaßen aufgeregt haben, dass sie vorzeitig gegangen ist. Sie fluchte nur noch herum und erhielt eine sechs.
Nach der Stunde kam Michael zu mir und stichelte: „Na, doch zurückgekommen?". Ich lächelte und ging. Michael war so verwirrt, dass er vergaß zu lachen.

10

Ich hatte an diesem Tag eine Menge gelernt. Ich würde nie mehr vorschnell urteilen und das Wort „bekloppt" beliebig benutzen.
Ihr werdet lachen, aber heute bin ich Psychotherapeutin. So sehr hat mich dieser ein Tag damals geprägt! Ich habe eine eigene Praxis, denn die Zustände in der Psychiatrie hätte ich auf Dauer nicht ertragen.
Zu meinen Eltern habe ich keinen Kontakt mehr, denn auch das ist für sie kein ordentlicher Job.
Tagtäglich kommen Leute wie Michael oder Yvonne zu mir und es geht mir jedes Mal gut dabei.
Rebecca ist nach England gezogen. Ihr geht es wieder sehr gut und stellt euch vor, sie ist Kindergärtnerin! Wir schreiben uns regelmäßig Briefe.
Ach übrigens: Eva Stein hat es tatsächlich geschafft sich umzubringen!
Sie hat sich vor ein Auto geschmissen und dabei noch drei andere Leute in den Tod gerissen und eine junge Frau in die Psychiatrie getrieben ...

Und die rote Uhr tickt ...

(...) Die rote Uhr an der Wand tickte laut. Sekunde um Sekunde, Minute um Minute, Stunde um Stunde. Ohne Unterlass. Ohne Unterbrechung. Ohne Unsicherheit.

Ich saß da, ebenso wie die Uhr, Sekunde um Sekunde, Minute um Minute, Stunde um Stunde. Ich war allein.

Zum ersten Mal wurde mir bewusst, dass man Stille durchaus, so absurd das auch klingt, hören kann. Ja, man kann sie wirklich hören. Laut und deutlich. Und ich muss sagen, es ist kein schöner Laut. Es ist so unbeschreiblich bohrend, durchdringend und nervtötend. Bei jedem Ticken der roten Uhr war es wie bei einem kleinen Erdbeben. Das Ticken zerriss die Luft, die stickig wie eine dunkle, schwere Decke über dem Raum hing. Natürlich, ich hätte dem ein Ende bereiten können, ich hätte aufstehen können, ich hätte den Fernseher einschalten können, hätte etwas lesen können, ich hätte weggehen oder aber auch sogar für die Schule lernen können, aber ich tat es nicht.

So sehr ich auch darunter litt, so schwer fiel es mir, aber auch mich loszureißen aus dieser Tiefe des absoluten Stillstandes. Nein, als absoluter Stillstand konnte man es auch nicht bezeichnen, dann würde ich mich selbst belügen und verleugnen. Das Faszinierende an diesem Stillstand war schließlich, dass er nur mich betraf. Außerhalb ging das Leben weiter. Ohne mich.

In diesem Moment tickte die Uhr immer lauter und eindringlicher, als würde sie meine Gedanken bekräftigen wollen, als würde sie hämisch einen Beweis dafür geben, dass das Leben tatsächlich ungehalten im gleichen Tempo weiterging. Ich starrte die Uhr an. Verschiedene Gedanken gingen mir wie in einem Zeitlupenraster wild durch den

Kopf. Es war in der Tat faszinierend, wie Zeit verging ohne, dass ich mich an ihr beteiligte.
Während ich einfach so dasaß, fiel mir auf, dass die logische und immer gleiche Zeit doch einen Fehler hatte. Denn jetzt dauerte alles viel länger als sonst. Die Sekunden brauchten länger als sonst. Ich musste selbstzufrieden schmunzeln bei dem Gedanken, dass ich das ungelüftete Geheimnis der Zeit durchschaut hatte.
Ich glaube sagen zu können, dass das Nichtstun oder Warten auf Nichts, wohl das Schwierigste und Faszinierendeste ist, was man tun kann. Während ich dort saß, geschahen außerhalb in der Welt tausend Dinge auf einmal in einer einzigen Minute! Plötzlich fühlte ich mich erbärmlich machtlos und irgendwie überflüssig. Um mich abzulenken, drehte ich fast mechanisch meinen Kopf. Ich inspizierte das Zimmer, obwohl ich es eigentlich ganz genau kannte. Die Möbel trist, schwer und braun. Auch sie wirkten leblos und zeitlos. Stillstand.
Ich erhob mich, der Stuhl machte ein müdes, stöhnendes Geräusch. Ich lauschte eine Weile dem Echo. Es brannte sich hart und kalt in meinen Kopf. Ich ging zu meinem Schreibtisch. Darauf stand mein altes Gurkenglas mit den Wasserschnecken darin.
Ich hatte die Wasserschnecken vor einigen Tagen aus unserem Teich gefischt, damit die Goldfische sie nicht fraßen. Ich weiß, dass es albern ist, aber es musste einfach sein. Wenn ich die Schnecken, die ich eigentlich selbst ein bisschen eklig finde, sterben gelassen hätte, hätte ich wohl bis an mein Lebensende ein schlechtes Gewissen und furchtbare Alpträume gehabt. Davon bin ich felsenfest überzeugt! Ich hatte schon immer eine gewisse Aversion gegen Fische. Sie waren groß und fett. Sie starrten mich immer aus ihren großen Glotzaugen an unverwandt. Dabei öffnete sich der große gierige Mund auf und zu, auf und zu, als würden sie mich aufsaugen wollen! Sie wirkten dumm, doch ich war überzeugt, sie wussten genau, was sie taten. Ich wusste auch ganz genau, was sie in diesen Momenten dachten und manchmal hatte ich sogar die Fantasie,

sie würden mit mir sprechen. Aber lassen wir das! Vater sagt, mit Goldfischen spricht man nicht.
Ich schaute nicht ohne Mitleid wieder in das Gurkenglas. Elf waren es an der Zahl. Die Schnecken, meine ich. Sie waren winzig klein. Aber ich war völlig eingenommen von der Wahnvorstellung meine Schnecken zu wahren Killern abzurichten! Sie würde den schrecklichen Fischen schon die Leviten lesen, wenn sie erst einmal groß und stark genug wären! Ich muss auch heute noch lachen bei der Vorstellung, denn wenn man bedenkt, dass die besagten Schnecken kaum einen Zentimeter groß waren ...
Jedenfalls beobachtete ich die Schnecken. Ich notierte mir in meinem Kopf, dass ich meine kleinen Krieger noch Taufen musste. Was war eine Armee ohne Namen? Ich sah mir meine Schützlinge an, wie sie wild durcheinander krochen, eine Schleimspur hinter sich herziehend. Sie beäugten mich misstrauisch und verdrehten dabei ihre Augen auf seltsame Weise. Ja, sie mochten mich wirklich und ich sie! Aber ansonsten war ich ein ganz normales Kind.
Nachdem ich noch einmal einen sorgenden Blick in das Glas geworfen hatte, schlurfte ich langsam auf mein Fenster zu. Es war jedes Mal, als würde man aus einem schwarz-weißen Stummfilm in einen kunterbunten Cartoon springen. Draußen war das pulsierende Leben! Dort hatte die kleine rote Uhr aus meinem Zimmer eine ganz andere Bedeutung. Dort lebte man danach.
Ich blickte auf die große, saftige, grüne Wiese. Die Sonne ließ das Gras schimmern. Die Farben erdrückten mich beinahe! Friedlich standen die Pferde auf dieser Wiese und grasten. Plötzlich, ohne irgendeinen ersichtlichen Grund, hob eines den Kopf. Es schaute mich direkt aus seinen verspielten großen und intelligenten schwarzen Augen an. So vergingen einige Sekunden. Auch dieser Blick war durchdringend, jedoch war dies etwas völlig anderes als bei diesen widerlichen Fischen.

Ich war gebannt von diesem Blick, er war mir aber nicht unangenehm. Nein, es war seltsam. Ich fühlte tiefe innere Verbundenheit, die ich nicht verstand, nicht nachvollziehen konnte. Ich zwang mich wegzugucken, doch es gelang mir nicht! Irgendetwas zwang mich mit noch stärkerer Kraft als ich sie hatte dem Blick standzuhalten! Ohne, dass ich etwas dagegen tun konnte, bemerkte ich, wie ich plötzlich meine Hand hob und sie dem Pferd entgegenstreckte. Es war völlig absurd! Ich lehne mich aus meinem Fenster, das Pferd war draußen. Ich hätte es niemals erreichen können! Wie Recht ich damit hatte, weiß ich erst heute.
Das Pferd spitzte die Ohren. Und plötzlich stieg es auf die Hinterbeine und schlug aus. Seine Mähne schimmerte golden im Sonnenlicht als es übermütig den Kopf schüttelte.
Es fuhr herum und galoppierte mit atemberaubender Geschwindigkeit davon. Ich spürte wie die Erde unter dem Hufschlag erbebte, ich hörte das dumpfe Geräusch seiner Hufe, roch den Wind. All das übertönte sogar das Ticken der roten Uhr.
Ich schaute dem Pferd noch lange hinterher in die Weite und plötzlich wünschte ich mir, ich könnte auch einfach so weglaufen! Kopf an Kopf mit dem Wind! Freiheit!
Bis in den Horizont wollte ich laufen, einfach weg! Weg von dem Zimmer! Weg von der roten Uhr! Weg von den Ticken! Weg von der Zeit! Weg von mir selbst ...!

Scheu streifte mein Blick das Gurkenglas auf dem Schreibtisch und wanderte dann zu der roten Uhr...

Inhaltsverzeichnis: